Tucholsky Wagner Zola F .eud Schlegel
Turgenev Wallace Freiligrath Friedrich II. von Preußen
Twain Walther von der Vogelweide -qué
Weber Kant Ernst Frey
Fechner Fichte Weiße Rose von Fallersleben Richthofen Frommel
Engels Fielding Hölderlin
Fehrs Faber Flaubert Eichendorff Tacitus Dumas
Feuerbach Maximilian I. von Habsburg Fock Eliasberg Zweig Ebner Eschenbach
Ewald Eliot Vergil
Goethe Elisabeth von Österreich London
Mendelssohn Balzac Shakespeare Dostojewski Ganghofer
Trackl Stevenson Lichtenberg Rathenau Doyle Gjellerup
Mommsen Tolstoi Hambruch
Thoma Lenz Hanrieder Droste-Hülshoff
Dach Verne von Arnim Hägele Hauff Humboldt
Reuter Rousseau Hagen Hauptmann
Karrillon Garschin Defoe Baudelaire Gautier
Damaschke Descartes Hebbel
Wolfram von Eschenbach Dickens Schopenhauer Hegel Kussmaul Herder
Bronner Darwin Melville Grimm Jerome Rilke George
Campe Horváth Aristoteles Bebel Proust
Bismarck Vigny Barlach Voltaire Federer Herodot
Gengenbach Heine
Storm Casanova Tersteegen Grillparzer Georgy
Chamberlain Lessing Langbein Gilm Gryphius
Brentano Lafontaine
Strachwitz Claudius Schiller Schilling Kralik Iffland Sokrates
Katharina II. von Rußland Bellamy Gerstäcker Raabe Gibbon Tschechow
Löns Hesse Hoffmann Gogol Wilde Gleim Vulpius
Luther Heym Hofmannsthal Klee Hölty Morgenstern Goedicke
Roth Heyse Klopstock Puschkin Homer Kleist
Luxemburg La Roche Horaz Mörike Musil
Machiavelli Musset Kierkegaard Kraft Kraus
Navarra Aurel Lamprecht Kind Kirchhoff Hugo Moltke
Nestroy Marie de France
Nietzsche Nansen Laotse Ipsen Liebknecht
Marx Lassalle Gorki Klett Leibniz Ringelnatz
von Ossietzky May vom Stein Lawrence Irving
Petalozzi Knigge
Platon Pückler Michelangelo Kock Kafka
Sachs Poe Liebermann Korolenko
de Sade Praetorius Mistral Zetkin

Der Verlag tredition aus Hamburg veröffentlicht in der Reihe **TREDITION CLASSICS** Werke aus mehr als zwei Jahrtausenden. Diese waren zu einem Großteil vergriffen oder nur noch antiquarisch erhältlich.

Symbolfigur für **TREDITION CLASSICS** ist Johannes Gutenberg (1400 — 1468), der Erfinder des Buchdrucks mit Metalllettern und der Druckerpresse.

Mit der Buchreihe **TREDITION CLASSICS** verfolgt tredition das Ziel, tausende Klassiker der Weltliteratur verschiedener Sprachen wieder als gedruckte Bücher aufzulegen – und das weltweit!

Die Buchreihe dient zur Bewahrung der Literatur und Förderung der Kultur. Sie trägt so dazu bei, dass viele tausend Werke nicht in Vergessenheit geraten.

Fräulein Fifi

Guy de Maupassant

Impressum

Autor: Guy de Maupassant
Übersetzung: Georg Freiherr von Ompteda
Umschlagkonzept: toepferschumann, Berlin

Verlag: tredition GmbH, Hamburg
ISBN: 978-3-8495-2877-5
Printed in Germany

Rechtlicher Hinweis:
Alle Werke sind nach unserem besten Wissen gemeinfrei und unterliegen damit nicht mehr dem Urheberrecht.

Ziel der TREDITION CLASSICS ist es, tausende deutsch- und fremdsprachige Klassiker wieder in Buchform verfügbar zu machen. Die Werke wurden eingescannt und digitalisiert. Dadurch können etwaige Fehler nicht komplett ausgeschlossen werden. Unsere Kooperationspartner und wir von tredition versuchen, die Werke bestmöglich zu bearbeiten. Sollten Sie trotzdem einen Fehler finden, bitten wir diesen zu entschuldigen. Die Rechtschreibung der Originalausgabe wurde unverändert übernommen. Daher können sich hinsichtlich der Schreibweise Widersprüche zu der heutigen Rechtschreibung ergeben.

Text der Originalausgabe

Guy de Maupassant
Fräulein Fifi

Übersetzt von Georg Freiherr von Ompteda

Zur Einführung

Eigentlich ist Guy de Maupassants Name zu groß, als daß es nötig wäre, eine Uebertragung seiner Schriften ins Deutsche erst noch zu rechtfertigen. Aber ich habe die Erfahrung gemacht, daß sich einzelne Leute in dem Irrtum befinden, als sei der französische Dichter »obscön«. Dieses Urteil kann nach meiner Auffassung nur auf Zweierlei Weise hervorgerufen sein: Entweder stammt es von solchen, die nur ganz einzelnes von ihm gelesen haben, oder von solchen, deren Auge, statt auf die, auch für einen Franzosen unerhörte Schönheit des Stils und der Sprache, statt auf die unerreichte künstlerische Abrundung, statt auf seine abgründige Menschenkenntnis gerichtet zu sein, sich dem Geschlechtlichen in seiner Darstellung zuwandte. Gewiß bevorzugt der Dichter diese Seite, aber man möge nie vergessen, daß in französischer Art, Ausdrucksweise, Lebensführung und Auffassung die Beziehungen zwischen Mann und Frau viel freier sind, als bei uns. Dazu darf man im Französischen Dinge sagen, die wir nicht sagen können, eine Erscheinung die bei allen Romanischen Völkern im Gegensatz zu den Germanischen wiederkehrt. Ich möchte Maupassant, den ein Ästhetiker »einen der größten Künstler, die Frankreich je hervorgebracht« nannte, als das angesehen wissen, wofür ihn die Kunstkenner halten, als ein novellistisches Genie, wie es kaum dagewesen und wohl so leicht nicht wiederkehren wird.

Eine Geschichte fällt mir ein: vor einer Bildsäule stehen ein Künstler und ein Entrüstungsmensch, der die Figur mit entsetzten Augen betrachtet und sagt: »Sie ist ja nackt!« Worauf der Künstler, der nur das Kunstwerk bewundert, erstaunt antwortet. »Ach, darauf habe ich nicht geachtet!« Die Art zu sehen, trennte die beiden durch Welten.

Möchte Maupassant von so hohem Standpunkt aus betrachtet werden, wie er selbst als Künstler sah und stand.

Innichen in Tirol, im September 1897
Georg Freiherr von Ompteda

Die beiden Freunde

Paris war belagert, ausgehungert und lag in den letzten Zügen. Die Spatzen auf den Dächern wurden selten, die Gossen entvölkerten sich. Man aß alles.

Herr Morissot, der von Beruf Uhrmacher war, doch gelegentlich auch Pantoffeln verkaufte, schlenderte, die Hände in die Taschen seiner Uniformhose versenkt, an einem hellen Januarmorgen traurig und hungrig den äußeren Boulevard entlang. Da stand plötzlich ein Kamerad vor ihm, ein alter Freund, Herr Sauvage, den er vom Wasser her kannte.

Ehe der Krieg ausbrach, fuhr Morissot jeden Sonntag bei Tagesanbruch, den Bambusstock in der Hand, einen Blechkasten aus dem Rücken, mit dem Zug in der Richtung nach Argenteuil. In Colombes stieg er aus und ging zur Insel Marante. Sobald er am Ziel seiner Wünsche war, fing er an zu angeln, und angelte bis zu sinkender Nacht.

Und jeden Sonntag traf er dort ein dickes, joviales Männchen, Herrn Sauvage, den Krämer aus der Straße Notre-Dame-de-Lorette, der gleichfalls begeisterter Angler war. Oft saßen sie einen halben Tag lang Seite an Seite, die Angelrute in der Hand, und ließen die Füße über dem Wasser baumeln. So hatten sie sich angefreundet.

An manchen Tagen redeten sie keinen Ton. Zuweilen unterhielten Sie sich. Aber sie verstanden sich ausgezeichnet auch ohne Worte, denn sie teilten den gleichen Geschmack und hatten gleiche Interessen.

Im Frühling, wenn morgens gegen zehn die junge Sonne aus dem leise dahinströmenden Fluß Dunst aufsteigen ließ, der mit dem Wasser wanderte, wenn sie den beiden eifrigen Anglern behaglich auf den Rücken schien, dann sagte wohl Morissot zu seinem Nachbar:

– Ach ist das mollig!

Und Herr Sauvage gab zurück:

– So was giebt's nicht wieder!

Das genügte, daß sie sich verstanden und gern hatten.

Im Herbst, wenn gegen Abend die untergehende Sonne den blutroten Himmel und scharlachfarbene Wolkenbilder im Wasser spiegelte, den ganzen Fluß mit Purpur übergoß, den Horizont in Flammen setzte, die beiden Freunde wie mit Feuer umspielte und die vom Winterhauch schon zitternd braun gefärbten Bäume goldig überzog, sah Herr Sauvage wohl lächelnd Morissot an und sprach:

– Wie das aussieht!

Und Morissot antwortete staunend, ohne einen Blick von seinem Schwimmer zu lassen:

– Ist das nicht schöner als der Boulevard, was?

Sobald sich die beiden erkannt hatten. schüttelten sie einander kräftig die Hand – bewegt sich unter solch' veränderten Verhältnissen wiederzusehen. Herr Sauvage meinte seufzend:

– Was alles passiert ist!

Morissot stöhnte niedergeschlagen:

– Und das Wetter! Heute ist der erste schöne Tag im Jahre.

Der Himmel lachte in der That in reinster Bläue nieder.

Sie gingen nachdenklich und traurig nebeneinander her. Morissot begann:

– Und das Angeln was? Das war doch schön!

Herr Sauvage fragte:

– Wann fangen wir wieder an?

Sie traten in ein kleines Café und tranken zusammen einen Absinth. Dann setzten sie ihren Spaziergang auf der Straße fort.

Morissot blieb plötzlich stehen:

– Noch ein Gläschen, was meinen Sie?

Herr Sauvage stimmte bei:

– Wie Sie wollen!

Und sie sprachen noch bei einem anderen Weinhändler vor.

Als sie gingen, waren sie tüchtig angezecht, wie Leute die auf nüchternen Magen getrunken haben. Es war milde, eine weiche Brise spielte ihnen um die Wangen.

Die laue Luft hatte Herrn Sauvage vollends angeheitert und er blieb stehen:

– Wenn wir hingingen?

– Wohin?

– Na, zum Angeln!

– Aber wo?

– Auf unsere Insel natürlich. Die französischen Vorposten stehen bei Colombes. Ich kenne den Oberst Dumoulin. Man wird uns schon durchlassen.

Morissot zitterte vor Begierde:

– Abgemacht. Ich bin dabei!

Und Sie trennten sich um ihre Angelgerätschaften zu holen.

Eine Stunde lang schritten sie Seite an Seite die Chaussee hinab, zur Villa, wo der Oberst lag. Er lächelte über die Bitte und hatte gegen ihre Grille nichts einzuwenden. Mit einem Passierschein versehen, setzten sie den Weg fort.

Bald kamen sie durch die Vorposten, durchschritten das verlassene Colombes und erreichten die kleinen Weinberge, die zur Seine hinabziehen. Es war gegen elf Uhr.

Das Dorf Argenteuil gerade gegenüber schien wie ausgestorben. Die Höhenzüge von Orgemont und Sannois überragten die ganze Gegend. Die große Ebene, die bis Nanterre reicht, lag verlassen da, ganz verlassen, mit ihren kahlen Kirschbäumen und ihrem grauen Boden.

Herr Sauvage deutete mit dem Finger nach den Hügeln hinüber.

– Dort oben sind die Preußen!

Und ein unheimliches Gefühl befiel die beiden Freunde vor diesem öden Land.

»Die Preußen!« Sie hatten noch nie welche gesehen, aber seit Monaten fühlten sie ihre Anwesenheit um Paris, die Frankreich vernichteten, plündernd, mordend, aushungernd – unsichtbar und allmächtig. Und eine Art abergläubischen Schreckens trat zum Haß, den sie gegen dieses unbekannte, siegreiche Volk hegten.

Morissot stammelte:
– Herr Gott wenn wir nun welche treffen?

Herr Sauvage antwortete mit jenem Pariser Humor, der durchbrach trotz alledem:
– Wir bieten ihnen ein Gericht Fische an!

Aber sie zögerten doch sich hinaus zu wagen: das allgemeine Schweigen rundum machte sie ängstlich.

Endlich faßte Herr Sauvage einen Entschluß:
– Wir wollen nur immer gehen, aber Vorsicht!

Und sie stiegen einen Weinberg hinunter, geduckt, kriechend, indem sie hinter den Büschen Deckung suchten, ängstlich um sich blickten und lauschten.

Ein Stück freies Feld mußte noch überschritten werden bis zum Flußufer. Sie fingen an zu laufen, und kauerten sich, sobald sie die Böschung erreicht, im trocknen Schilfe nieder.

Morissot legte das Ohr an die Erde, zu horchen ob er Tritte vernähme. Er hörte nichts. Sie waren allein, ganz allein.

Nun beruhigten sie sich und fingen an zu angeln.

Die einsame Insel Marante gegenüber deckte sie gegen das andere Ufer. Das kleine Restaurant drüben war verschlossen und schien seit Jahren verlassen.

Herr Sauvage fing den ersten Gründling, Morissot den zweiten, und nun zogen sie alle Augenblicke die Angel heraus an der ein kleines silberglänzendes Tier zappelte; ein wahrer Wunderfang.

Sie ließen leise die Fische in ein engmaschiges Netz gleiten, das zu ihren Füßen im Wasser hing. Und eine köstliche Wonne überkam sie, die Wonne, die einen packt, wenn man sein Lieblingsvergnügen wiederaufnimmt, das man lange hat entbehren müssen.

Die liebe Sonne schien ihnen warm auf den Rücken. Sie hörten nichts mehr. Sie dachten an nichts mehr, vergaßen die übrige Welt: sie angelten.

Aber plötzlich machte ein dumpfer Lärm, der vom Innern der Erde zu kommen schien, den Boden erzittern. Das Geschütz fing wieder an zu donnern.

Morissot wandte den Kopf und gewahrte über der Böschung, weit drüben links die gewaltigen Umrisse des Mont-Valérien, der auf der Stirn eine weiße Haube trug, eine Pulverwolke, die er eben ausgespien.

Und in dem Augenblick schoß ein zweiter Dampfstrahl vom Gipfel der Festung, wenige Sekunden darauf grollte eine neue Entladung.

Dann folgten andere und von Moment zu Moment hauchte der Berg seinen Todesatem hinaus, blies milchige Dämpfe von sich, die langsam in die blaue Luft stiegen, als Wolke über ihm.

Herr Sauvage zuckte die Achseln und sprach:

– Da fangen sie schon wieder an.

Morissot, der ängstlich zusah wie die Spule seines Schwimmers auf- und untertauchte, ward plötzlich von Wut gepackt, als friedlich gesinnter Mann gegen jene Verrückten, die sich da schlugen, und brummte in den Bart:

– 's ist doch zu dumm, sich so totzuschießen!

Herr Sauvage antwortete:

– Dümmer wie's Vieh!

Und Morissot, der eben einen Weißfisch gefangen hatte, erklärte:

– Und wenn man sich überlegt, daß es immer so sein wird, so lange wir Regierungen haben!

Herr Sauvage unterbrach ihn:

– Die Republik hätte den Krieg nicht erklärt! ...

Morissot fuhr dazwischen:

– Beim Königtum hat man den Krieg draußen bei der Republik hat man den Krieg im Innern!

Und sie begannen ruhig zu diskutieren, indem sie die großen, politischen Fragen mit dem gesunden Menschenverstand braver, etwas beschränkter Geister lösten. Über eins waren sie einig: daß man niemals frei wäre. Und der Mont-Valérien donnerte ohne Unterlaß. Mit seinen Geschossen legte er französische Häuser in Trümmer, Leben vernichtend, menschliche Wesen zerschmetternd! Mit seinen Geschossen bereitete er ein jähes Ende manchem Traum, vielen Freuden, viel erhofftem Glück, und schlug Frauen-, Mädchen-, Mutterherzen, dort drüben im anderen Land, Wunden, nie zu schließen.

– So ist das Leben! erklärte Herr Sauvage.

– Sagen Sie lieber – der Tod! gab Morissot lachend zurück.

Aber sie zuckten erschrocken zusammen, sie fühlten, daß hinter ihnen jemand gegangen, und als sie den Kopf wandten, gewahrten sie in ihrem Rücken vier Männer, vier große, bewaffnete, bärtige Männer, wie Livréediener gekleidet mit platten Mützen auf dem Kopf, die Gewehre im Anschlag.

Die beiden Angelruten entsanken ihren Händen und trieben den Fluß hinab.

Binnen weniger Sekunden waren sie gepackt, gefesselt, fortgeschleppt, in einen Kahn gebracht und nach der Insel übergesetzt.

Nun gewahrten sie hinter dem Hause, das sie verlassen gewähnt, einige zwanzig deutsche Soldaten.

Eine Art behaarter Riese, der rittlings aus einem Stuhl sitzend eine lange Pfeife mit Porzellankopf schmauchte, fragte sie in ausgezeichnetem Französisch:

– Nun, meine Herren, haben Sie einen guten Fang gethan?

Da legte ein Soldat das Netz voller Fische, das er sorgsam mitgeschleppt zu den Füßen des Offiziers nieder. Der Preuße lächelte:

– Oho, Sie haben ja Glück gehabt! Aber es handelt sich um etwas Anderes. Hören Sie mich an und regen Sie sich weiter nicht aus. In meinen Augen sind Sie einfach zwei Spione, die uns auskundschaften sollen. Um das besser zu bemänteln, haben Sie so gethan, als angelten Sie. Sie sind mir in die Hände gefallen – schlimm für Sie – wir sind nun mal im Kriege! Aber da Sie durch die Vorposten gekommen sind, müssen Sie das Losungswort kennen, um wieder hineinzukommen. Sagen Sie mir das Losungswort und ich lasse Gnade vor Recht ergehen.

Die beiden Freunde standen aschfahl nebeneinander, ihre Hände zitterten nervös ein wenig, sie schwiegen.

Der Offizier fing wieder an:

– Kein Mensch erfährt's. Sie gehen ruhig wieder hinein. Mit Ihnen ist das Geheimnis weggelöscht. Weigern Sie sich aber, so kostet's Ihnen den Kopf, und zwar augenblicklich. Also wählen Sie.

Sie blieben unbeweglich stehen, ohne den Mund aufzuthun.

Der Preuße behielt seine Ruhe. Er deutete mit der Hand auf den Fluß:

– Denken Sie dran, daß Sie in fünf Minuten dort im Wasser auf dem Grunde liegen. In fünf Minuten! Sie müssen doch Angehörige haben!

Der Mont-Valérien donnerte immer weiter.

Die beiden Angler blieben wortlos stehen. Der Deutsche gab in seiner Sprache einige Befehle, dann rückte er seinen Stuhl ein Stück ab, um den Gefangenen nicht zu nahe zu sein. Und zwölf Mann stellten sich in zwanzig Schritt Entfernung auf, Gewehr bei Fuß.

Der Offizier fuhr fort:

– Ich gebe Ihnen noch eine Minute Bedenkzeit. Nicht zwei Sekunden mehr.

Dann stand er hastig aus, ging auf die beiden Franzosen zu, nahm Morissot beim Arm, zog ihn ein Stück fort und sagte leise zu ihm:

– Schnell das Losungswort? Ihr Kamerad erfährt nichts davon. Ich werde so thun, als ob ich mich erweichen ließe.

Morissot antwortete nicht.

Da zog der Preuße Herrn Sauvage bei Seite und stellte ihm die gleiche Frage.

Herr Sauvage antwortete nicht.

Sie standen wieder nebeneinander.

Und der Offizier gab ein Kommando. Die Soldaten legten an.

Da fiel Morissots Blick zufällig auf das Netz voll Gründlinge, das ein paar Schritte von ihm im Grase liegen geblieben war.

Ein Sonnenstrahl glitzerte auf den noch zappelnden Fischen. Und eine Schwäche wandelte ihn an. Wider Willen füllten sich seine Augen mit Thränen.

Er stammelte:

– Adieu Herr Sauvage.

Herr Sauvage antwortete:

– Adieu Herr Morissot.

Sie drückten sich die Hand und, wie sie auch dagegen kämpften, ein Zittern lief ihnen über den ganzen Körper.

Der Offizier kommandierte:»Feuer!«

Zwölf Schüsse klangen wie einer.

Herr Sauvage fiel wie ein Klotz auf's Gesicht. Der große Morissot schwankte, drehte sich und sank schräg über seinen Kameraden, während aus seiner an der Brust aufgesprungenen Uniform ein Blutstrom drang.

Der Deutsche gab neue Befehle.

Seine Leute gingen und kamen mit Stricken und Steinen wieder, die sie den beiden Toten an die Füße banden. Dann trugen sie die Leichen an's Ufer.

Der Mont-Valérien grollte immerfort, nun ganz in Wolken gehüllt.

Zwei Soldaten packten Morissot bei Kopf und Füßen. Zwei andere Herrn Sauvage in gleicher Weise. Die Körper wurden einen Augenblick kräftig hin und her geschaukelt, dann in der Luft losgelassen. Sie beschrieben einen Bogen und tauchten stehend in den Fluß, indem die Steine zuerst die Füße hinabzogen.

Das Wasser spritzte, kochte, zitterte und kam zur Ruhe, während sich kleine Wellenkreise bis zum Ufer fortpflanzten.

Ein bißchen Blut schwamm auf der Flut davon.

Der Offizier sagte, immer noch mit heiterem Ausdruck, halblaut:

– Nun sind die Fische an die Reihe gekommen.

Dann ging er zum Hause zurück.

Und plötzlich sah er das Netz mit den Gründlingen im Grase liegen. Er hob es auf, betrachtete es, lächelte und rief:

– Wilhelm!

Ein Soldat mit weißer Schürze eilte herbei. Der Preuße warf ihm die Jagdbeute der beiden Erschossenen hin und befahl:

– Laß mir mal gleich die Tierchen da backen, während sie noch lebendig sind. Das wird famos schmecken!

Dann rauchte er seine Pfeife weiter.

Liebesworte

Sonntag.

Mein geliebtes dickes Hähnchen!

Du schreibst mir nicht, ich sehe Dich nicht, Du kommst nie. Liebst Du mich denn nicht mehr? Warum? Was habe ich gethan? Meine einzige Liebe, ich flehe Dich an, sage es mir. Ich liebe Dich ja so sehr, so sehr, so sehr! Ich möchte Dich immer bei mir haben, Dich küssen den ganzen Tag und Dir alle Kosenamen geben, mein Herzchen, mein geliebter Kater, die mir einfallen. Ich bete Dich an, ich bete Dich an, ich bete Dich an, mein schönstes Hähnchen!

Dein Puttchen

Sophie.

Montag.

Meine liebe Freundin!

Du wirst nicht eine Silbe von dem verstehen, was ich Dir zu sagen habe. Das thut nichts. Wenn mein Brief zufällig einer anderen Frau unter die Augen kommen sollte, wird er ihr vielleicht nützlich sein.

Wenn Du taub gewesen wärest und stumm, hätte ich Dich sicherlich lange, lange Zeit geliebt. Das Unheil kommt nur daher, daß Du sprichst! Nur daher. Ein Dichter hat gesagt:

> »Alltäglich Instrument, auch in des Glückes Tagen,
> Warst Du, darauf mein Bogen Siegerweisen sang.
> Wie Lautenton auf hohlem Holz angeschlagen,
> So auch mein Lied aus deines Herzens Leere klang.«

Siehst Du, wenn man liebt, macht man immer Lieder, aber wenn die Lieder klingen sollen, dürfen Sie nicht unterbrochen werden. Nun – wenn man spricht während man sich küßt, unterbricht man immerfort den erdentrückten Traum der Seelen, falls man nicht erhabene Worte findet, und erhabene Worte entspringen nicht dem Köpfchen hübscher Mädchen.

Du verstehst keine Silbe, nicht wahr? Desto besser. Ich fahre fort. Du bist ohne Zweifel eine der reizendsten, entzückendsten Frauen, die ich je gesehen.

Giebt es träumerischere Augen auf dieser Erde als die Deinen? Augen in denen mehr unbekannte Verheißungen ruhen, mehr unendliche Liebe? Ich glaube nein. Und wenn Dein Mund lächelt mit seinen zwei runden Lippen und Deine glänzenden Zähnchen zeigt, dann denkt man diesem reizenden Mündchen werde unsägliche Musik entströmen, etwas Liebliches, Süßes, das einem Thränen entlockt.

Dann nennst Du mich kaltlächelnd:»Angebetetes dickes Kaninchen!« Und plötzlich ist es mir, als könnte ich in Dich hineinschauen, als sähe ich Deine Seele, das liebe Seelchen einer hübschen, kleinen Frau, hübsch, aber ... und das stört mich, weißt Du das stört mich sehr. Ich sähe lieber nichts.

Du verstehst immer noch kein Wort, nicht wahr? Darauf rechne ich.

Weißt Du noch wie Du das erste Mal zu mir gekommen bist? Rasch tratest Du ein und ein Duft von Veilchen umströmte Dich. Wir haben uns lautlos lange angesehen, dann geküßt wie irrsinnig ... dann ... dann bis zum andern Tage sprachen wir nicht.

Aber als wir uns trennten, zitterten unsere Hände und unsere Augen haben sich Dinge gesagt, Dinge ... die keine Sprache spricht. So dachte ich wenigstens. Und als Du gingest, hast Du leise geflüstert:»Auf Wiedersehn!« Das war alles, und Du ahnst nicht in welcher Zauberstimmung Du mich zurückgelassen, was alles mir zu erraten blieb.

Siehst Du, armes Kind, für einen Mann, der nicht beschränkt ist, ein wenig verfeinert, der ein bißchen über den Dingen steht, für den ist die Liebe so zart gewebt, daß ein Hauch sie zerbläst. Wenn ihr Frauen liebt, faßt ihr die Lächerlichkeit mancher Dinge nicht, und die unfreiwillige Komik mancher Ausdrücke, entgeht euch.

Warum wirkt dasselbe Wort, das eine kleine Frau von dunklem Teint gebrauchen darf, unrettbar falsch und lächerlich im Munde einer großen Blonden? Warum steht die schmeichelnde Geberde dieser, jener nicht? Warum wird uns der einen reizende Zärtlichkeit lästig bei der anderen? Warum? Weil in allen Dingen, vor allem aber in der Liebe, vollkommene Übereinstimmung herrschen muß. Bewegung, Stimme, Wort und Liebesbeweis muß passen zu der die handelt, spricht und liebkost, muß stimmen zu ihrem Alter, zu ihrer Gestalt, zur Farbe ihres Haares, zur Art ihrer Schönheit.

Wenn eine Frau von fünfunddreißig Jahren, der Zeit der großen stürmischen Leidenschaften, sich nur im Geringsten ihre neckische Zärtlichkeit von zwanzig bewahren wollte, wenn sie nicht verstünde, daß sie sich anders ausdrücken muß, anders dreinschauen, anders küssen, daß sie Dido sein soll und nicht mehr Julia, so würde sie unrettbar neun von zehn Liebhabern abstoßen, auch wenn sich jene über den Grund ihrer Abneigung nicht klar wären.

Begreifst Du das? – Nein. – Das habe ich nicht anders gehofft!

Liebe Freundin, von der Stunde ab, wo Du die Flut deiner Zärtlichkeiten über mich ergossest – war es für mich aus.

Oft küßten wir uns minutenlang in einen Kuß verloren, mit geschlossenen Augen, als entweiche uns etwas durch den Blick, als wollten wir ihn dadurch besser bewahren in dunkler, Leidenschaft durchwühlter Seele. Als sich dann unsere Lippen trennten, sagtest Du lachend, mit hellem Ton: »Das war schön, mein dickes Hundl!« Da hätte ich Dich hauen mögen.

Dann legtest Du mir nacheinander alle Tier- und Gemüsenamen bei, die Du, denke ich mir in: »Die bürgerliche Küche«, und »Der fertige Gärtner« und »Elemente der Naturgeschichte für die unteren Klassen« gefunden haben magst. Aber das ist noch gar nichts.

Die Liebesbrunst ist roh, tierisch und mehr noch, wenn ich mir's überlege. Musset sagt:

> »Noch immer denke ich der fürchterlichen Krämpfe,
> Der Küsse stumm, der Sehnen fiebernd angestrengt,
> Versunken alles, totbleich, Zahn auf Zahn gezwängt.
> Sind sie vom Himmel nicht, sind's Höllenkämpfe ...«

Aber wunderliche! ... ... Ach mein armes Kind, welcher Possengeist, welch gottlose Stimmung konnte Dir bloß Deine – Schlußworte einblasen!

Ich habe sie gesammelt, aber ich liebe Dich zu sehr, um sie Dir zu zeigen.

Und dann hast Du wirklich kein Glück entwickelt und brachtest es fertig ein überschwängliches: »Ich liebe Dich!« loszulassen bei gewissen so eigentümlich gewählten Gelegenheiten, daß ich an mich halten mußte, um nicht herauszuplatzen. Es giebt Augenblicke, wo dieses »Ich liebe Dich« so wenig am Platze ist, daß es geradezu unpassend wirkt. Merke Dir das.

Aber Du verstehst mich ja doch nicht.

Auch andere Frauen werden mich nicht verstehen und mich für albern halten. Übrigens ist mir das gleich. Hungrige essen gierig, aber Feinschmecker sind leicht angeekelt und zeigen oft wegen einer Kleinigkeit unüberwindlichen Widerwillen. Mit der Liebe geht es wie mit den. Essen.

Eines zum Beispiel begreife ich nicht. Es giebt Frauen, die genau das Verführerische feiner gestickter Strümpfe kennen, den Reiz von Farbenzusammenstellungen, den Zauber kostbarer im Innersten der Toilette verborgener Spitzen, die aufregende Wirkung des geheimen Luxus, geschmackvoller Unterkleider, kurz aller Feinheiten weiblicher Eleganz. Und doch begreifen sie den unüberwindlichen Widerwillen nicht, den uns Ausrufe am falschen Fleck oder alberne Zärtlichkeiten einflößen.

Ein derbes Wort thut oft Wunder, bringt das Blut in Wallung, läßt das Herz schneller schlagen. Solch ein Wort ist erlaubt zur Stunde des Gefechts. Aber man muß auch schweigen können und zu gewissen Augenblicken Paul de Kock-Redensarten vermeiden.

Übrigens schicke ich Dir einen heißen Kuß unter der Bedingung, daß Du schweigst.

René

Der Weihnachtsabend

– Der Weihnachtsabend! Ach geht mir mit dem Weihnachtsabend. Ich feiere ihn nicht! – sagte der dicke Henri Templier in wütendem Ton, als ob man ihm eine Ehrlosigkeit zugemutet hätte.

Die übrigen riefen lachend:

– Warum wirst du denn so böse?

Er antwortete:

– Weil mir der Weihnachtsabend den widerlichsten Possen gespielt hat und ich einen unüberwindlichen Abscheu vor diesem blödsinnigen Abend bekommen habe mit seiner albernen Fröhlichkeit.

– Wieso denn?

– Wieso? Ihr wollte wissen? Na da hört mal an:

Ihr wißt noch wie's vor zwei Jahren um die Zeit kalt war, so 'ne Kälte, um arme Leute auf der Straße gleich tot hinzuschmeißen. Die Seine fror zu. Auf den Trottoirs kriegte man Eisbeine gleich durch die Sohlen durch. Die Welt schien nicht weit vom Krepieren zu sein.

Ich hatte damals gerade 'ne große Arbeit vor und lehnte alle Einladungen zum Weihnachtsabend ab, weil ich lieber die Nacht am Schreibtisch sitzen wollte. Ich aß allein. Dann fing ich an. Aber so gegen zehn hatt' ich keine Ruhe mehr. Ich dachte an all die Fröhlichkeit überall in Paris, dann tönte der Straßenlärm trotz alledem immer zu mir heraus und durch die Wand hörte ich die Vorbereitungen meiner Nachbarn zum Abendessen. Ich wußte nicht mehr, was ich eigentlich arbeitete. Ich schrieb Blech! Und ich sah ein, daß ich's nur ruhig aufstecken konnte, diese Nacht was Vernünftiges fertig zu kriegen.

Ich ging ein wenig im Zimmer spazieren, setzte mich, stand auf. Ich unterlag eben auch dem ansteckenden Einfluß der allgemeinen Fröhlichkeit und ergab mich darein, klingelte meinem Mädchen und sagte:

– Angele, holen Se mir 'n Abendessen zu zwei Personen: Austern, 'n kalten Rebhahn, Krebse, Schinken, Kuchen. Dann bringen Sie mir zwei Flaschen Sekt raus, decken Sie und gehen Sie schlafen.

Sie gehorchte, wenn auch etwas erstaunt. Als alles bereit war, zog ich den Überzieher an und ging aus.

Es galt eine wichtige Frage zu entscheiden: mit wem sollte ich soupieren? Meine Freundinnen waren schon eingeladen. Hätt' ich eine haben wollen, hätt' ich mich früher umthun müssen. Da dachte ich, du wirst zugleich eine gute That vollbringen, Paris wimmelt von armen, hübschen Mädeln, die nichts zu beißen haben und die nur einen »noblen Kavalier« suchen. Ich werde bei einer dieser Enterbten den Weihnachtsmann spielen. Ich werde rumbummeln, die Vergnügungsorte abgrasen, fragen, auf die Jagd gehen und suchen was mir paßt.

Ich zog also los.

Ich traf ja 'n ganzen Haufen armer Mädel, die 'n Abenteuer suchten, aber entweder waren sie häßlich, daß 's einem gleich schlecht werden konnte, oder so dürr, daß sie sofort 'n Eiszappen geworden wären, wären sie stehen geblieben.

Ihr wißt, ich habe so 'ne kleine Schwäche für die Dicken. Je fetter desto besser. Eine »Riesendame« macht mich rein verrückt.

Da entdeckte ich plötzlich gerade gegenüber vom Theater des Variétés ein Profil, das mir gefiel. Ein Kopf, dann vorn zwei Erhöhungen, die Brust – sehr schön, die drunter – erstaunlich: ein Leib wie 'ne fette Gans. Mich überlief's und ich sagte mir: Gottes Donnerwetter ist das 'n hübsches Mädel! Eins mußte noch aufgeklärt werden: das Gesicht.

Das Gesicht ist das Dessert. Das übrige ist ... ist der Braten.

Ich ging schneller, holte das herumbummelnde Frauenzimmer ein und drehte mich unter einer Gaslaterne schnell um.

Sie war entzückend, ganz jung, bräunlich mit großen, schwarzen Augen.

Ich lud sie ein, sie nahm ohne Zögern an.

Eine Viertelstunde darauf waren wir in meiner Wohnung.

Beim Eintreten sagte sie:

– Ah, hier ist man gut aufgehoben!

Und sie blickte um sich mit sichtlicher Befriedigung, bei dieser eisigen Nacht Tisch und Bett gefunden zu haben. Sie war herrlich, zum Staunen hübsch und dick, daß mir das Herz im Leibe lachte.

Sie legte Hut und Mantel ab, setzte sich und fing an zu essen. Aber sie schien nicht aufgelegt zu sein und manchmal zuckte es über ihr ein wenig bleiches Gesicht, als ob sie einen geheimen Kummer hätte.

Ich fragte sie:

– Du hast wohl irgend 'ne Unannehmlichkeit!

Sie antwortete:

– Bah, ich mag nicht dran denken!

Und sie begann zu trinken. Auf einen Zug leerte sie ihr Glas Sekt, füllte es und leerte es wieder ohne Unterlaß.

Bald färbten sich ein wenig ihre Wangen und sie begann zu lachen.

Ich war schon ganz verliebt und schmatzte sie ab, indem ich die Entdeckung machte, daß sie weder dumm, noch gemein, noch ungebildet war, wie die Mädchen von der Straße. Ich wollte Einzelheiten über ihr Leben wissen. Sie antwortete:

– Kleiner, das geht dich nichts an!

Ach! Eine Stunde später ...

Endlich nahte der Augenblick des Schlafengehens. Während ich den Tisch fortrückte, der vor dem Feuer stand, zog sie sich schnell aus und schlüpfte unter die Decke.

Meine Nachbarn vollführten einen gräßlichen Spektakel, lachten und sangen wie die Irrsinnigen. Und ich sagte mir:»Ich habe doch riesig recht gehabt mir das schöne Mädel zu holen, von Arbeiten wäre doch keine Rede gewesen!«

Ein tiefes Stöhnen klang, so daß ich mich umdrehte und fragte:

– Was fehlt dir denn mein Kätzchen?

Sie antwortete nicht, aber stieß weiter schmerzliche Seufzer aus, als ob sie fürchterlich zu leiden hätte.

Ich fragte:

– Fühlst du dich nicht wohl?

Da schrie sie plötzlich, schrie herzzerreißend. Ich eilte mit einem Licht herbei.

Ihr Gesicht war von Schmerzen entstellt, sie rang keuchend die Hände, während aus ihrer Brust ein dumpfes Wimmern klang, wie Röcheln, daß einem das Herz bebte.

Ich fragte erschrocken:

– Aber was hast du denn? So sage mir doch was du hast!

Sie antwortete nicht und fing an zu heulen.

Plötzlich schwiegen die Nachbarn, um zu horchen, was bei uns los sei.

Ich wiederholte:

– Wo hast du denn Schmerzen? So sage mir doch wo!

Sie stammelte:

– Ach mein Leib, mein Leib ...

Mit einem Ruck hob ich die Decke auf, und entdeckte ...

Sie kam nieder, liebe Freunde!

Da verlor ich den Kopf. Ich lief zur Wand, und trommelte daran mit den Fäusten, was ich nur konnte, indem ich rief:

– Hilfe! Hilfe!

Die Thür ging auf, eine Menge Menschen kamen herein, Herren im Frack, dekolletierte Damen, Pierrots, Türken, Musketiere. Dieser Einbruch verstörte mich derartig, daß ich nicht einmal imstande war zu erklären, was los sei.

Sie hatten irgend ein Unglück vermutet, vielleicht ein Verbrechen, und begriffen nun nichts.

Ich sagte endlich:

– Hier ... Hier ... diese Frau ... komm. nieder ...

Da ward sie von allen betrachtet und alle gaben ihr Urteil ab. Ein Kapuziner vor allem behauptete, Sachverständiger zu sein, und wollte der Natur zuvorkommen.

Sie waren betrunken wie die Stiere. Ich dachte sie würden sie tot machen und stürzte ohne Hut die Treppe hinunter, um einen alten Arzt zu holen, der in einer Nachbarstraße wohnte.

Als ich mit dem Doktor wiederkam, war das ganze Haus auf den Beinen. Auf der Treppe hatte man das Gas wieder angesteckt, die Bewohner aller Stockwerke füllten meine Wohnung. Vier Quaiarbeiter machten meinem Sekt und meinen Krebsen ein Ende.

Als man mich zu Gesicht bekam, kreischte alles laut aus und eine Milchfrau hielt mir in einem Handtuch ein fürchterliches, runzliges, faltiges, wimmerndes Stück Fleisch, das Töne von sich gab wie eine Katze, mit den Worten entgegen:

– Es ist ein Mädchen.

Der Arzt untersuchte die Wöchnerin, erklärte ihren Zustand für bedenklich, weil das Unglück gleich nach einem Souper stattgefunden, und ging, indem er mir mitteilte, er werde sofort eine Krankenwärterin und eine Amme schicken.

Eine Stunde darauf kamen die beiden Frauen mit einem Packet Arzenei.

Ich brachte die Nacht in einem Lehnstuhle zu, viel zu erschrocken, als daß ich an die Folgen gedacht hätte.

Zeitig am andern Morgen kam der Arzt. Er fand den Zustand der Kranken ziemlich schlecht, und sagte mir:

– Ihre Frau, Herr ...

Ich antwortete ihm:

– Sie ist nicht meine Frau.

Er fuhr fort:

– Also Ihr Verhältnis, das ist mir gleich.

Und er zählte auf, was sie an Pflege, Arzenei und Diät brauche.

Was sollte ich thun? Das unselige Ding in's Krankenhaus schicken? Man hätte mich im ganzen Hause, im ganzen Viertel für einen Unmensch gehalten.

Ich behielt sie bei mir. Sie blieb sechs Wochen in meinem Bett liegen.

Das Kind gab ich in Pflege zu Bauern nach Poissy. Es kostet mich heute noch fünfzig Franks monatlich. Da ich nun mal zu Anfang bezahlt hatte, so bin ich jetzt genötigt bis an mein seliges Ende weiter zu blechen.

Und später wird es mich für seinen Vater halten.

Aber um das Pech voll zu machen, denkt euch, als das Mädchen wieder hergestellt ist, liebt es mich ... liebt mich rasend, das Unglückswurm!

– Na und?

– Na und, sie war dürr geworden wie 'ne Katze auf 'm Dach, und ich hab' se rausgeschmissen das Gerippe, das mir auf der Straße auflauert, sich versteckt um mich vorbeikommen zu sehen, mich abends anhält, wenn ich ausgehe, um mir die Hand zu küssen, genug sich anschmiert zum toll werden.

Da habt Ihrs, weshalb ich keinen Weihnachtsabend mehr feiern mag!

Der Ersatzmann

– Frau Bonderoi?

– Jawohl Frau Bonderoi.

– Nicht möglich.

– ... Ich sag's Ihnen ja ...

– Frau Bonderoi, die alte Dame mit dem Spitzenhäubchen, die fromme, die heilige, die ehrbare Frau Bonderoi deren falsche, kleine Löckchen aussehen, als wären sie an den Schädel geklebt?

– Dieselbe.

– Ach, hören Sie mal, Sie sind nicht recht bei Troste!

– Ich schwöre es Ihnen.

– Das müssen Sie mir aber mal erzählen!

– Schön, also zu Lebzeiten des einstigen Notars Herrn Bonderoi benutzte Frau Bonderoi, wie es hieß, die Schreiber ihres Mannes zu ihrem Privatdienst. Sie ist eine jener ehrsamen Bürgersfrauen mit geheimen Sünden aber unbeugsamen Grundsätzen, wie's deren viele giebt. Sie hatte eine Schwäche für hübsche Jungen! Das ist doch ganz natürlich. Haben wir nicht hübsche Mädel gern?

Als Papa Bonderoi nun mal tot war, lebte sie als Rentnerin friedlich und tadellos. Sie ging fleißig zur Kirche, redete Böses vom lieben Nächsten, und litt nicht, daß ihr mit Gleichem vergolten würde.

Dann alterte sie und wurde das kleine Frauchen, das Sie kennen, scharf, verbissen, bös!

Nun hören Sie die wunderliche Geschichte, die letzten Donnerstag passiert ist:

Mein Freund, Jean d'Anglemare ist – wie Sie wissen – Rittmeister bei den Dragonern, die im Faubourg de la Rivette liegen.

Als er neulich in die Kaserne kommt, hört er, daß sich zwei Mann seiner Schwadron höllisch geprügelt haben. Die militärischen Forderungen der Ehre sind streng: sie duellierten sich. Dann versöhnten sie sich und erzählten ihrem Vorgesetzten den Grund ihres Streites. Sie hatten sich um Frau Bonderoi geschlagen.

– Ach nee!

– Jawohl lieber Freund, um Frau Bonderoi.

Aber lassen wir mal dem Dragoner Siballe das Wort:

– Das war so, Herr Rittmeister. 's mögen wohl Jahre anderthalb her sein, da ging ich spazieren auf der Promenade – so abends zwischen sechs und sieben, und da redet mich 'ne Privata an.

Und se sagt so wie eener nach'n Wege fragt. – Dragoner, sagt se, wollen Sie zehn Franken die Woche verdienen? Aber ganz anständig.

Ich antworte ehrlich: – Zu Diensten meine Dame!

Da sagt se zu mir: – Kommen Sie zu mir, morgen mittag. Ich bin Frau Bonderoi, rue de la Tranchée Nummer sechs!

– Haben Se keene Angst, meine Dame ich komme schon!

Dann ging sie weiter. Sie schien zufrieden zu sein und sagte:

– Danke schön, Dragoner.

– Ganz auf meiner Seite, meine Dame.

Na, ich konnte den andern Tag gar nicht erwarten.

Zu Mittag – klingelte ich bei ihr.

Sie machte mir selber aus. Den ganzen Kopp hatte se voll kleene Bändchen und sagt:

– Wir müssen schnell machen, mein Mädchen kommt bald zurück.

Ich antworte:

– Ich werd' schon schnell machen, was hab' ich zu thun?

Da fängt se an zu lachen und meent:

– Verstehst denn nicht, Dickchen?

Ich hatt's noch nicht weg, weiß Gott, Herr Rittmeister.

Sie setzte sich dicht neben mich und spricht zu mir:

– Wenn du ein Wort von all dem sagst, kommst du in Arrest. Schwöre mir, daß du schweigst!

Ich schwor, was sie wollte, aber ich verstand keen Wort. Mir war schon ganz heiß geworden. Ich nehm' also den Helm ab, wodrin ich's Taschentuch hatte. Sie nimmt mein Taschentuch und tupft mir die Schläfen. Dann küßt sie mich und tuschelt mir in's Ohr:

– Na willst du denn?

Ich antworte:

– Ich will alles, meine Dame, was Se wollen, denn ich bin doch desterwegen gekommen!

Da macht se's mir richtig klar. Als ich nun wußte, was sie wollte, setzte ich meinen Helm auf einen Stuhl und zeigte ihr, daß een Dragoner nie zurückweicht, Herr Rittmeister.

's war nicht eben schön, denn die Privata war kein Jüngling mehr. Aber da darf man nicht zu sehr drauf sehen, Draht macht sich rar heutzutage. Und dann muß man doch auch die Familie unterstützen. Ich sagte mir: »Für'n Vater fallen ooch noch'n hundert Fünfer ab.«

Als die Schinderei zu Ende war, Herr Rittmeister, macht ich mich fertig zu gehen. Sie wollte gern, daß ich noch'n bissel bleiben sollte, aber ich sagte ihr: – Jedem sein Recht, meine Dame, een Gläschen voll kostet zwei Fünfer, und zwei Gläschen kostet vier Fünfer!

Das sah se ein und drückt mir'n kleines Goldstück zu zehnen in die Hand. Das paßte mir nu nich, die Münze, das verliert sich so in der Tasche, und wenn die Hosen nicht gut genäht sind, findet man's im Stiebel wieder, oder gar nich!

Wie ich nun so das gelbe Siegellack angucke und mir die Geschichte überlege, merkt se's wird rot denkt was ganz falsches und fragt mich:

– Du willst wohl mehr haben?

Ich spreche:

– Das nich grade, meine Dame, aber wenn Sie's sonst paßt, möcht' ich lieber zwei einzelne Stücke.

Die kriegt ich und ich ging.

Na, das geht nun so achtzehn Monate, Herr Rittmeister. Jeden Dienstag abend mach' ich hin, wenn der Herr Rittmeister mir Urlaub giebt. Das hat se lieber, weil dann ihr Mädchen schon schläft.

Na, also letzte Woche is mir nich ganz hiebsch, und ich muß mal's Lazarett näher angucken. Der Dienstag kommt – keine Möglichkeit rauszukommen. Und ich ärgere mich schief wegen der zehn Franken, an die ich gewöhnt bin.

Ich sage mir: »Wenn keiner hingeht, bin ich der Lackierte, dann nimmt sie sicher 'n Artilleristen!« Und das empörte mich.

Da frage ich Paumelle, der mein Landser is, und sage ihm: – Hundert Fünfer für dich, hundert für mich, abgemacht?

– Stimmt! sagt er und is fort. Ich hatten genau Instruktion gegeben. Er klingelt, sie macht aus, läßt 'n rein, guckt 'n nich genauer an und merkt nich, daß 's nich derselbe is.

Herr Rittmeister wissen: Dragoner ist Dragoner und im Helm sind se nich auseinanderzukennen. Aber auf einmal merkt se die Schiebung und fragt wütend:

– Wer sind Sie? Was wollen Sie. Ich, ich kenne Sie nicht!

Da erklärt ihr Paumelle die Geschichte, mir is nich hiebsch und ich hab'n als Ersatzmann geschickt. Sie guckt ihn an, läßt ihn auch schwören zu schweigen und nimmt ihn natürlich an, indem nämlich der Paumelle ooch nich übel is.

Aber als der Hund wiederkommt, Herr Rittmeister, will er mir meine hundert Fünfer nich geben ... Wenn's nur für mich gewesen wäre, hätt ich kein Wort verloren, aber es war doch für 'n Vater, und da soll er keene Geschichten machen!

Ich sage ihm:

– Das ist nicht kameradschaftlich für 'n Dragoner, du machst unserer Uniform keine Ehre!

Da hat er angefangen, Herr Rittmeister, indem er sagte die Schinderei wäre mehr wert als doppelt so viel.

Jeder hat seine Meinung. Da mußt' er's nich übernehmen. Ich hab' ihm die Faust unter die Nase gehalten. Herr Rittmeister wissen das übrige.

Rittmeister d'Anglemare weinte vor Lachen, als er mir die Geschichte erzählte, aber er ließ mich auch versprechen Stillschweigen zu bewahren, wie er es den beiden Dragonern zugesagt, indem er schloß:

– Verraten Sie mich aber nicht, behalten Sie alles für sich, Ihr Wort?

– O, haben Sie keine Angst. Aber nun sagen Sie mal was ist denn noch draus geworden?

– Wieso? Also ganz kurz: Die alte Bonderoi behält beide Dragoner, indem sie jedem seinen Tag reserviert. So sind alle zufrieden.

– Na, die ist günstig!

– Und die alten Eltern haben was zu beißen. Die Tugend siegt!

Die Reliquie

Herrn Abbé Ludwig d'Ennemare
in Soissons.

Mein lieber Abbé!

Nun ist meine Verlobung mit Deiner Cousine zurückgegangen und zwar auf die dümmste Art und Weise, wegen eines schlechten Witzes, den ich mir beinahe ohne Absicht mit meiner Braut erlaubt habe.

Ich bitte Dich um Hilfe, mein alter Kamerad, in der Verlegenheit, in der ich mich befinde, denn nur Du kannst mir aus der Patsche helfen. Ich will Dir's auch bis zum Tode danken.

Du kennst Gilberte, oder vielmehr, Du bildest es Dir ein, aber kennt man jemals die Frauen aus? All ihre Ansichten, ihre Überzeugungen, ihre Ideen sind Überraschungen. Bei ihnen steckt alles voller Winkelzüge, Rückschläge, voll Möglichkeiten, die nicht vorher zu sehen sind, voll unfaßbarer Schlüsse. Sie sind unlogisch, und haben sie sich einmal etwas in den Kopf gesetzt, das unumstößlich scheint, so werfen sie es plötzlich wieder um, weil sich vielleicht ein Vögelchen aufs Fensterbrett gesetzt.

Ich brauche Dir nicht zu sagen, daß Deine Cousine, als Zögling der weißen oder schwarzen Damen von Nancy, übertrieben religiös ist.

Das weißt Du besser als ich. Was Du aber wohl nicht weißt, ist, daß sie alles übertreibt, genau wie die Religion. Sie fliegt auf wie ein Blatt im Wind. Und sie ist mehr Frau – oder richtiger junges Mädchen – als irgend eine andere, läßt sich sofort rühren oder ärgern. Zuneigung wie Haß gehen mit ihr durch, und von beiden kommt sie ebenso leicht zurück. Und hübsch ist sie, wie Du weißt, und bezaubernd, wie sich's gar nicht ausdrücken läßt ... und wie Du es nie ahnen kannst.

Wir waren also verlobt. Ich bete sie an, wie ich sie noch anbete. Sie schien mich zu lieben.

Eines Abends bekam ich ein Telegramm, das mich zu einer Konsultation nach Köln rief. Vielleicht handelte es sich um eine schwere und schwierige Operation. Da ich den folgenden Tag abreisen mußte, ging ich zu Gilberte, um ihr Lebewohl zu sagen und ihr zu erklären, warum ich bei meinen Schwiegereltern *in spe* Mittwoch nicht würde essen können, sondern erst Freitag, wo ich zurückkam. Hüte Dich nur vor dem Freitag, ich sage Dir, das ist ein Unglückstag!

Als ich von meiner Abreise sprach, sah ich Thränen in ihren Augen. Aber als ich sagte, daß ich wiederkäme, klatschte sie sofort in die Hände und rief:

– O, wie bin ich glücklich! Du bringst mir etwas mit – ja? Nur eine Kleinigkeit, nur ein einfaches Andenken, aber bloß für mich ausgesucht. Du mußt erraten, was mir die größte Freude macht! Hörst Du! Da werde ich mal sehen, ob Du Fantasie hast!

Ein paar Sekunden dachte sie nach, dann fügte sie hinzu:

– Aber Du darfst nicht mehr als zwanzig Franken ausgeben. Du mußt mir Freude machen durch die Absicht und durch das was Du aussuchst, jedoch nicht durch den Preis!

Dann sagte sie wieder nach einer Pause, halb leise mit gesenkten Augen:

– Wenn es keinen Geldwert hat, aber sehr fein und zart ausgedacht ist, bekommst Du ... einen Kuß

Anderen Tages war ich in Köln. Es handelte sich um ein schreckliches Unglück, das eine ganze Familie zur Verzweiflung brachte. Eine Amputation machte sich notwendig. Man ließ mich im Hause wohnen, man sperrte mich beinahe ein, und ich sah nur weinende Menschen um mich. Ich operierte einen Sterbenden, der unter dem Messer zu sterben drohte. Zwei Nächte blieb ich bei ihm, und als eine leichte Besserung eintrat, ließ ich ihn zur Bahn bringen.

Es stellte sich heraus, daß ich mich in der Zeit geirrt, und daß mir noch eine volle Stunde bis zum Abgang des Zuges blieb. Ich irrte durch die Straßen und dachte noch an meinen armen Patienten. Da redete mich ein Mensch an.

Ich kann kein Deutsch, er verstand nicht Französisch, aber endlich begriff ich doch soviel, daß er mir Reliquien zum Kaufe anbot. Der Gedanke an Gilberte fiel mir auf die Seele. Ich kannte ihren fanatischen Glauben: damit war mein Geschenk gefunden. Ich folgte dem Manne in eine Handlung von Kirchengegenständen und suchte ein »kleines Stück Knochen der elftausend Jungfrauen«, aus.

Die vermeintliche Reliquie lag in einem reizenden silbernen Kästchen alter Arbeit. Das entschied meine Wahl. Ich steckte den Gegenstand in die Tasche und stieg in den Zug.

Als ich wieder zu Haus war, wollte ich meinen neuen Kauf betrachten. Ich nahm ihn ... die Schachtel war aufgesprungen – die Reliquie verloren. Ich drehte alle Taschen um – der kleine Knochen, der nur halb so groß war, wie eine Stecknadel, war fort.

Mein lieber Abbé, du weißt, mein Glaube ist nur mäßig entwickelt. Du hast Seelengröße genug, bist mir Freund genug, wegen meiner Gleichgültigkeit ein Auge zuzudrücken und mich in Ruhe zu lassen. Du erwartest alles von der Zukunft, sagst Du. Na, an die Reliquien der Frömmigkeitsschacherer kann ich aber beim besten Willen nicht glauben, und Du teilst meine Zweifel in dieser Hinsicht. Genug, der Verlust dieses Stückchens Hammelknochen regte mich nicht weiter auf und ich verschaffte mir leicht einen ähnlichen Splitter, den ich sorgsam in mein Kleinod klebte.

Dann ging ich zu meiner Braut.

Sowie sie mich eintreten sah, stürzte sie mir mit bangem Lächeln entgegen:

– Was hast Du mir mitgebracht?

Ich that so, als ob ich's ganz vergessen hätte. Sie wollte es nicht glauben. Ich ließ sie bitten, sogar flehen, und als ich sah, daß sie sich vor Neugierde nicht mehr zu lassen wußte, gab ich ihr das heilige Kästchen. Sie war überglücklich. »Eine Reliquie, oh eine Reliquie! Dabei küßte sie leidenschaftlich die Schachtel. Da schämte ich mich meines Betruges.

Aber Unruhe schlich sich ihr in's Herz und wuchs zu fürchterlicher Angst. Sie blickte mich forschend an:

– Weißt Du auch bestimmt, daß sie echt ist?

– Ganz bestimmt.

– Wodurch?

Nun saß ich fest. Eingestehen, daß ich das Knöchelchen von einem Händler erworben, den ich auf der Straße getroffen – das hieß alles verloren geben. Aber was sollte ich sagen? Da schoß mir eine tolle Idee durch den Kopf und ich antwortete leise und geheimnisvoll:

– Ich habe sie für Dich gestohlen!

Sie betrachtete mich erstaunt mit glücklichen Augen:

– Ach gestohlen? Wo denn?

– Im Dom, aus dem Reliquienschrein der tausend Jungfrauen!

Ihr Herz pochte, ihr wurde ganz schwach vor Glück und sie murmelte:

– Das hast Du für mich gethan! ... für mich ... Erzähle mir ... sage mir alles ...!

Nun war's gethan. Jetzt konnte ich nicht mehr zurück. Ich erfand also eine fantastische Geschichte genau mit allen Einzelheiten. Höchst wunderbar: ich hätte dem Wächter hundert Franken gegeben, daß er mich allein hereinließe. Der Schrein wäre zufällig ausgebessert worden, aber ich wäre gerade während der Frühstückspause der Arbeiter und des Geistlichen gekommen. Da hätte ich denn, indem ich eine Schrankfüllung eingedrückt, die ich dann sorgfältig wieder eingesetzt, einen kleinen Knochen genommen – ach so winzig nur – aus einem ganzen Haufen anderer. (Ich sprach von einem Haufen in Erwägung der Masse Knochen, die eintausend Jungfrauen-Skelette doch liefern müssen.) Dann wäre ich zu einem Goldarbeiter gegangen und hätte ein Kleinod gekauft, das der Reliquie würdig war.

Es war mir gar nicht unangenehm ihr beibringen zu können, daß das Kästchen fünfhundert Franken gekostet.

Aber darüber machte sie sich gar keine Gedanken: sie hörte mich bebend und in Verzückung an. Sie flüsterte: »Ich habe Dich so lieb!« Dann fiel sie mir in die Arme.

Nun denke Dir: Ich hatte für sie eine Ruchlosigkeit begangen. Ich hatte gestohlen, eine Kirche entweiht, einen Heiligenschrein erbrochen, Reliquien geschändet und gestohlen. Dafür betete sie mich an, fand mich süß, den reizendsten Mann, göttlich. So ist die Frau, lieber Abbé, die echte Frau!

Während zwei Monaten war ich der beste Bräutigam. In ihrem Zimmer hatte sie sich eine Art von Kapelle eingerichtet, um darin dies Stückchen Hammelrippe auszustellen, um dessen willen ich, wie sie sich einbildete, das göttliche Verbrechen der Liebe begangen. Davor begeisterte sie sich früh und spät.

Ich hatte sie gebeten zu schweigen. Ich fürchtete arretirt, verurteilt und an Deutschland ausgeliefert zu werden – wie ich behauptete. Sie hielt ihr Wort.

Da kam ihr, der Sommer zog ins Land, die glühende Sehnsucht den Ort meiner That mit eigenen Augen zu sehen. Sie quälte ihren Vater so lange, bis er sie nach Köln mitnahm. Auf den Wunsch seiner Tochter, erfuhr ich nichts davon.

Ich brauche nicht erst zu erwähnen, daß ich das Innere des Domes gar nicht gesehen habe. Ich habe keinen Schimmer, wo das Grab der elftausend Jungfrauen eigentlich ist (wenn es überhaupt eins giebt?) Leider scheint das Grabmal aber unantastbar zu sein.

Nach einer Woche erhielt ich zehn Zeilen, die mir mein Wort zurückgaben. Dann einen erklärenden Brief des Vaters, dem sie sich anvertraut.

Beim Anblick des Heiligenschreins war ihr sofort mein Betrug, meine Lüge und zugleich meine tatsächliche Unschuld klar geworden. Sie hatte den Hüter der Reliquien gefragt, ob nichts gestohlen worden und der Mann hatte ihr lachend die Unmöglichkeit eines solchen Frevels klar gemacht.

Aber vom Augenblicke ab, wo es sich herausgestellt, daß ich kein Heiligtum erbrochen und meine ruchlose Hand nicht nach verehrungswürdigen Überresten ausgestreckt, war ich meiner blonden empfindlichen Braut nicht mehr wert.

Man verbot mir das Haus. Ich bat, ich flehte – nichts konnte die schöne Fromme erweichen.

Ich ward krank vor Kummer.

Da ließ mich vorige Woche Frau d'Arville, eure gemeinsame Cousine, zu sich bitten. Nun höre die Bedingungen, unter denen mir verziehen wird: ich muß eine Reliquie schaffen, eine wirkliche, echte, die vom heiligen Vater beglaubigt ist, und zwar die Reliquie irgend einer jungfräulichen Märtyrerin.

Ich werde verrückt vor Unruhe und Verlegenheit.

Wenns nötig ist gehe ich nach Rom. Aber ich kann doch nicht so mir nichts dir nichts zum Papst laufen und ihm meine alberne Geschichte erzählen. Und dann glaube ich nicht, daß man Laien wirkliche Reliquien giebt.

Könntest Du mir nicht einen Empfehlungsbrief mitgeben an irgend einen Monsignore oder auch nur an einen französischen Prälaten, der irgend ein Überbleibsel von einer Heiligen besitzt? Oder hättest Du etwa selbst den wertvollen Gegenstand, den ich suche, in Deinem Besitz?

Lieber Abbé, rette mich, und ich will Dir auch versprechen, mich zehn Jahre früher zu bekehren!

Frau d'Arville, die die Sache tragisch nimmt, hat mir gesagt »Die arme Gilberte wird niemals heiraten«

Mein alter Kamerad, willst Du Deine Cousine als Opfer eines faulen Witzes in die Grube fahren lassen? Bitte, bitte, hilf, damit sie nicht Nummer elftausendundeins wird.

Verzeih, ich bin es nicht wert. Aber ich umarme Dich und habe Dich von Herzen lieb.

                                      Dein alter Freund
                                      Heinrich Fontal

Das Holzscheit

Der Salon war klein, ganz mit dichtem Stoff bespannt und leicht von Parfüm durchzogen. Im breiten Kamin flackerte das Feuer, während eine einzige Lampe auf der Kaminecke milde ihr durch einen Schirm alter Spitzen gedämpftes Licht auf die beiden Menschen warf, die sich unterhielten.

Sie, die Frau des Hauses, war eine alte, weißhaarige Dame. Eine jener liebenswürdigen Alten, deren faltenlose Haut glatt ist, wie feines Papier, wohlriechend ganz gesättigt von den Essenzen, mit denen sie sich so lange schon wäscht. Eine alte Dame, die einen Duft ausströmt, wenn man ihr die Hand küßt, wie jener leichte Wohlgeruch des Florentiner Iris-Puders.

Er war ein alter Freund, der Junggeselle geblieben, einer der jede Woche kam, ein Gefährte auf der Lebensreise. Und nichts mehr.

Seit einer Minute hatten sie aufgehört zu sprechen. Beide blickten ins Feuer, in Gedanken verloren, in jenem freundschaftlichen Schweigen von Menschen, die es nicht nötig haben fortwährend zu schwatzen, um sich bei einander wohl zu fühlen.

Und plötzlich brach ein großes Holzscheit, ein von brennenden Wurzeln umstarrter Stumpf, in sich zusammen, sprang über das Kamingitter, fiel ins Zimmer und kollerte auf den Teppich, indem es überall um sich den glühenden Schein warf.

Die alte Dame richtete sich mit leisem Aufschrei auf, als ob sie flüchten wolle, während er durch einen Fußstoß das mächtige Kohlenstück in den Kamin zurückschleuderte und mit der Sohle die rings verstreuten Funken austrat.

Als der Schaden wieder gut gemacht war, verbreitete sich ein starker Brandgeruch. Der Herr setzte sich seiner Freundin gegenüber und sprach, indem er sie lächelnd ansah und auf das Holzscheit deutete, das wieder auf dem Roste lag:

– Da, das ist schuld daran, daß ich nie geheiratet habe.

Sie blickte ihn erstaunt an mit jenem neugierigen Frauenauge, das erfahren will, jenem Auge der nicht mehr ganz jungen Frau, deren Neugier überlegt, absichtlich ist, und fragte:

– Wieso?

Er gab zurück:

– Ach das ist eine ganze Geschichte, eine ziemlich traurige, häßliche Geschichte!

Meine ehemaligen Kameraden haben sich oft gewundert über die plötzliche Kälte zwischen einem meiner besten Freunde, der Julius mit Vornamen hieß, und mir. Sie begriffen nicht wie es möglich sei, daß zwei so intime, unzertrennliche Freunde wie wir, einander plötzlich so fremd geworden wären. Nun ich will Ihnen das Geheimnis unserer Entfremdung lösen.

Früher wohnten wir beide, er und ich, zusammen. Nie trennten wir uns, und unsere Freundschaft schien so fest, daß nichts sie hätte brechen können.

Als er eines Abends nach Haus kam, sagte er mir, daß er heiraten wolle.

Das gab mir einen Stoß, als ob er mich bestohlen oder mich verraten hätte. Wenn sich ein Freund verheiratet, dann ist es mit der Freundschaft aus, ganz aus. Die eifersüchtige Liebe einer Frau in der immer Mißtrauen, Unruhe, Sinnlichkeit steckt, duldet die kräftige freie Zuneigung von Geist, Herz und Vertrauen nicht, die zwischen zwei Männern besteht.

Sehen Sie, gnädige Frau, Mann und Frau mögen noch so sehr in Liebe verbunden sein, sie sind einander im Innersten der Seele und des Geistes doch fremd. Sie bleiben Feinde. Sie sind von verschiedener Art. Immer muß es Sieger und Überwundene, Herren und Sklaven geben. Bald ist es der eine, bald der andere, aber gleich sind sie nie. Sie pressen sich die Hand in Liebesglut, aber nie mit festem, starkem, ehrlichem Händedruck, jenem Druck unter dem sich die Herzen austhun, ganz entblößen in aufrichtiger, kräftiger Manneszuneigung. Wer weise ist, sollte sich nicht verheiraten und als Trost auf seine alten Tage Kinder zeugen, die ihn doch verlassen, sondern der sollte einen guten, treuen Freund suchen, und alt werden mit ihm in jener Gemeinsamkeit der Anschauungen, wie sie nur zwischen zwei Männern bestehen kann.

Kurzum, mein Freund Julius heiratete. Seine Frau war hübsch, reizend, ein rundes, blondgelocktes, kleines Frauchen.

Zuerst ging ich selten zu ihnen. Ich wollte sie in ihrem Honigmond nicht stören und fühlte mich überflüssig. Und doch schien es, als zögen sie mich an sich, als riefen sie mich immerfort, und als hätten sie mich gern.

Allmählich ließ ich mich durch den süßen Reiz dieses gemeinsamen Lebens verführen und aß oft bei ihnen. Und wenn ich Nachts heimkehrte, fand ich nun meine einsame Wohnung traurig und öde, und dachte daran, es wie er zu thun, und eine Frau zu nehmen.

Sie schienen sich anzubeten und verließen einander nie. Da schrieb mir Julius eines Abends, ich sollte zu Tisch kommen. Ich kam und er sagte:

– Alter Kerl, ich muß mich leider sofort nach Tisch empfehlen. Ich habe Geschäfte. Vor elf komme ich nicht wieder, aber Punkt elf bin ich zurück. Du mußt Bertha so lange Gesellschaft leisten!

Die junge Frau fügte lächelnd hinzu:

– Übrigens bin ich auf die Idee gekommen Sie holen zu lassen.

Ich gab ihr die Hand:

– Sie sind zu nett!

Da fühlte ich einen freundschaftlichen, langen Druck. Ich achtete nicht weiter darauf. Wir setzten uns zu Tisch und sobald es acht Uhr war, ging Julius aus.

Als er fort war, entstand eine Art sonderbarer Verlegenheit zwischen seiner Frau und mir. Wir waren noch nie allein mit einander gewesen und dieses Alleinsein erschien uns trotz unserer täglich wachsenden Vertraulichkeit als etwas ungewohnt Neues. Zuerst machte ich allgemeine Redensarten, nichtssagende Dinge, wie man sie redet, um Verlegenheitspausen auszufüllen. Sie antwortete nicht und blieb mir gegenüber auf der andern Seite des Kamins sitzen, mit gesenktem Kopf, unsicheren Blicken, einen Fuß gegen das Feuer ausgestreckt, als sänne sie nach über eine schwere Frage. Als ich keine Redensarten mehr zu machen wußte, schwieg ich. Es ist sonderbar, wie schwer es oft ist, einen Gesprächsstoff zu finden. Und dann lag etwas in der Luft, fühlte ich etwas, das sich nicht ausdrücken läßt, jene wundersame Vorahnung, die einen die verborgene Absicht – sei sie gut oder böse – eines anderen Menschen gegen uns empfinden läßt.

Dieses peinliche Schweigen dauerte einige Zeit. Dann sprach Bertha zu mir:

– Lieber Freund, werfen Sie doch noch ein Scheit Holz auf's Feuer. Sie sehen es geht gleich aus.

Ich öffnete den Vorratskasten für das Holz, der genau so stand wie Ihrer hier, nahm ein Scheit heraus, das größte und baute es als Turm auf den übrigen dreiviertelverkohlten auf.

Und wieder schwiegen wir.

Nach einigen Minuten brannte das Holzscheit lichterloh, sodaß unsere Gesichter glühten. Die junge Frau schlug ihre Augen zu mir auf, in denen ich einen eigenen Ausdruck sah, und sprach:

– Jetzt wird es zu heiß hier. Wir wollen doch drüben auf's Sofa setzen.

Da wechselten wir den Platz. Plötzlich sah sie mich gerade an:

– Was würden Sie thun, wenn eine Frau Ihnen sagte, daß sie Sie liebte?

Ich antwortete etwas verdutzt:

– Weiß Gott, daran habe ich noch nicht gedacht, und dann käme es auf die Frau an.

Da fing sie an zu lachen. Ihr Lachen klang trocken, nervös, zitternd. Ein falsches Lachen, von dem man meint es könne ein dünnes Glas brechen machen. Und sie fügte hinzu:

– Die Männer sind nie dreist und nie schlau!

Sie schwieg, dann begann sie von neuem:

– Sind Sie oft verliebt gewesen, Herr Paul.?

Ich gab es zu: ja verliebt war ich schon gewesen.

– Ach bitte erzählen Sie mir das! – bat sie. Ich erzählte irgend eine Geschichte. Sie hörte aufmerksam zu, indem sie dabei häufig ihre

Mißbilligung oder ihre Geringschätzung zeigte. Plötzlich brach sie los:

– Nein davon verstehen Sie rein gar nichts. Ich finde die Liebe müßte, um zu schmecken, das Herz durchwühlen, die Nerven anspannen und ganz verrückt machen. Sie müßte – ja wie soll ich das ausdrücken – gefährlich sein, selbst fürchterlich, fast ein Verbrechen, eine Schändung eine Art von Verrat. Ich meine damit, daß Sie heilige Bande, Gesetz und Freundschaft, sprengen muß. Eine ruhige Liebe, ordnungsmäßig, ohne jede Gefahr, ist das überhaupt Liebe?

Ich wußte wirklich nicht, was ich darauf antworten sollte, und dachte mir als Philosoph: da haben wir das echte Weib!

Während sie sprach, hatte sie eine gleichgültige, scheinheilige Miene angenommen, und in den Kissen versunken sich ausgestreckt und ihr Köpfchen an meine Schulter gelehnt. Ihr Kleid hatte sich ein wenig verschoben und ließ einen roten Seidenstrumpf sehen, auf dem ab und zu der Widerschein vom Feuer spielte.

Nach einer Minute sagte sie:

– Sie haben wohl Angst?

Ich widersprach. Ohne mich anzusehen, lehnte sie sich ganz an meine Brust:

– Was würden Sie thun, wenn ich Ihnen sagte, daß ich Sie liebe?

Und ehe ich antworten konnte, hatte sie die Arme um meinen Hals geschlungen, heftig meinen Kopf an sich gezogen und ihre Lippen fanden die meinen.

O liebe Freundin, Sie können mir glauben, daß mir das nicht paßte! Julius hintergehen? Der Liebhaber dieser verdorbenen, gerissenen kleinen Verrückten sein, die sicher unglaublich sinnlicher Natur war und der ihr Mann schon nicht mehr genügte. Immer betrügen, immer verraten, verliebt thun, nur um des Reizes der verbotenen Frucht, der zu bestehenden Gefahr, der verratenen Freundschaft halber! Nein das paßte mir nicht im geringsten. Was sollte ich aber anfangen? Den keuschen Joseph spielen? Diese lächerliche Rolle, die noch dazu sehr schwierig gewesen wäre? Denn das Frauenzimmer war verrückt in ihrer Treulosigkeit, hätte alles riskiert und war leidenschaftlich und aufgeregt dazu. Mag nur der den ersten Stein auf mich werfen, der nie auf seinen Lippen den Kuß eines Weibes gefühlt hat, das ihm gehören will ....

Kurzum noch eine Minute ... nicht wahr Sie verstehen mich ... noch eine Minute und ich war ... nein sie war ... pardon ... er war oder vielmehr er wäre gewesen... da schreckte uns ein fürchterlicher Lärm auf.

Das Holzscheit, gnädige Frau, ja das Holzscheit, sprang in den Salon, warf die Kohlenschaufel um, das Kamingitter, wälzte sich wie ein Flammenmeer daher, verbrannte den Teppich, und blieb unter einem Stuhle liegen, den es unfehlbar in Brand setzen mußte.

Ich sprang wie ein Rasender auf und während ich den rettenden Feuerbrand in den Kamin zurückstieß, öffnete sich jäh die Thür. Julius kam mit fröhlichem Gesichte zurück indem er rief:

– Ich bin frei. Die Geschichte ist zwei Stunden früher zu Ende gewesen!

Ja, liebe Freundin, ohne das Holzscheit wäre ich auf frischer That ertappt worden! Und die Folgen hätten Sie sich denken können!

Nun, ich sorgte schon dafür, nie wieder in eine solche Lage zu kommen, nie wieder. Darauf merkte ich, daß Julius anfing kälter gegen mich zu werden. Seine Frau untergrub offenbar unsere Freundschaft. Allmählich hielt er mich fern von seinem Hause und wir haben aufgehört uns zu sehen.

Ich habe mich nicht verheiratet. Das wird Sie nicht mehr wunder nehmen!

Pariser Abenteuer

Giebt es ein brennenderes Gefühl für eine Frau als die Neugier? Was gäbe sie darum, das, wovon sie geträumt, kennen zu lernen und zu erleben! Wenn die ungeduldige Neugierde einer Frau einmal geweckt ist, ist sie aller Dummheiten, jeder Verrücktheit fähig. Sie wird alles wagen, vor nichts mehr zurückschrecken. Ich rede von den Frauen, die wirklich Frau sind, von jenem dreifachen Geiste beseelt, der äußerlich kalt und vernünftig erscheint, in Wirklichkeit jedoch versteckt drei Eigenschaften birgt: den immer unstäten Weibessinn, List im Schäferkleide der Unschuld – jener spitzfindige gefährliche Kunstgriff der Scheinheiligen, – endlich reizende Gemeinheit, köstliche Niedertracht wundervolle Treulosigkeit, kurz alle jenen gottlosen Eigenschaften, die den einen Liebhaber, wenn er leichtgläubig und dumm ist, zum Selbstmord treiben, während sie den anderen bezaubern.

Die Frau, deren Geschichte ich erzählen will, war eine kleine, bis dahin in ihrer Naivetät anständige Provinzialin. Ihr Leben lief, äußerlich unbewegt in ihren vier Pfählen dahin, zwischen einem vielbeschäftigten Manne und zwei Kindern, die sie tadellos erzog. Aber ihr Herz bebte vor ungestillter, quälender Sehnsucht nach irgend etwas, das sie selbst nicht kannte. Immer dachte sie an Paris. Sie verschlang die Zeitungen und was darin stand von Festen, Toiletten, Vergnügungen, weckte in ihr stürmische Wünsche. Am wundersamsten erregten sie die kleinen Notizen voller Andeutungen, die geschickt halbverschleierten Sätze, die etwas ahnen ließen von sündhaft ausschweifenden Freuden.

Von weitem schien ihr Paris wie ein Traum von wunderbarer, verderbter Üppigkeit.

Und in den langen Nächten, wo ihr das regelmäßige Schnarchen ihres Gatten ein Wiegenlied sang, ihres Gatten, der mit der Schlafmütze auf dem Schädel an ihrer Seite auf dem Rücken lag, da dachte sie an jene berühmten Männer, deren Namen auf der ersten Seite der Zeitungen oft genannt wurden, gleich leuchtenden Sternen am dunklen Himmel. Sie stellte sich das geniale Leben dieser Leute vor, voller Schwelgereien, voll antiker Orgien von furchtbarer Sinnlichkeit, voll heimlicher Ausschweifungen der Sinne – nicht auszudenken.

Die Boulevards erschienen ihr wie der Abgrund menschlicher Leidenschaften, ihre Häuser bargen Rätsel seltsamer Liebe.

Sie aber fühlte, daß sie alt wurde, alt ohne anderes vom Leben gehabt zu haben als immer die langweilige gleichmäßige Tretmühle derselben häuslichen Pflichten,»Glück des Daheims« geheißen. Sie war noch hübsch – das stille Dasein hatte sie erhalten, wie eine Winterfrucht im verschlossenen Schranke – nur verzehrt war sie, zerquält, aus dem Gleichgewicht gebracht durch heimliche Wünsche. Und sie fragte sich, ob sie denn in die Grube fahren sollte, ohne diese verbotenen Früchte nur ein einziges Mal gekostet zu haben, ohne sich auch nur einmal in den Strudel der Lüste von Paris zu stürzen!

Da bereitete sie mit langer Ausdauer eine Reise nach Paris vor. Sie fand einen Vorwand, ließ sich durch Verwandte einladen und reiste, da sie ihr Mann nicht begleiten konnte, allein ab.

Als sie angekommen war, dachte sie sich einen Grund aus, gegebenen Falls zwei Tage, oder vielmehr zwei Nächte fortbleiben zu können: sie behauptete, Freunde wiedergetroffen zu haben, die draußen in einem der Vororte wohnten.

Dann ging sie auf Entdeckungen. Sie durchstreifte die Boulevards. Aber sie sah nichts als das gewerbsmäßige Laster der Straße. Sie beobachtete die großen Cafés, und studierte aufmerksam die »Kleine Korrespondenz« im Figaro, die ihr jeden Morgen wie ein lockendes Licht zur Liebe erschien.

Doch nichts brachte sie auf die Spur der wilden Feste von Künstler und Künstlerin, nichts verriet ihr den Tempel der Ausschweifungen, den sie verschlossen wähnte durch ein Zauberwort, wie in den Märchen von tausend und einer Nacht, wie die Katakomben Roms, wo der verfolgte Glaube heimlich seine Wunderfeiern hielt.

Durch ihre Verwandten – kleine Bürgersleute – konnte sie mit keiner jener Berühmtheiten bekannt werden, deren Namen in ihrem Kopfe schwirrten. Schon gab sie alle Hoffnung auf, als ihr der Zufall zu Hilfe kam.

Als sie eine Tages die rue de la Chaussée-d'Antin ging, blieb sie vor einem Laden stehen, wo jene japanischen, kleinen Sächelchen auslagen, die in ihrer Buntheit das Auge erfreuen. Während sie die spaßhaften, winzigen Elfenbeinarbeiten, die farbenleuchtend eingelegten Vasen, die seltsamen Bronzen betrachtete, hörte sie im Inneren des Ladens die Stimme des Besitzers. Er zeigte unter vielen Bücklingen einem kahlköpfigen, wohlgenährten, kleinen Herrn mit grauem Bart eine riesige, dickbäuchige Pagode. Es sei ein Unikum meinte er.

Und in jedem Satz posaunte er wie mit Trompetenstoß einmal den Namen des Kunstfreundes aus, einen berühmten Namen. Die übrigen Käufer, junge Frauen, elegante Herren, warfen verstohlen einen schnellen Blick ehrerbietiger Würdigung zu dem bekannten Schriftsteller, der seinerseits nur sehnsüchtig die Pagode beachtete. Sie gaben sich an Häßlichkeit nichts nach, wie Kinder eines Schoßes.

Der Kaufmann sagte:

– Herr Jean Varin, Ihnen würde ich das Ding für tausend Franken lassen. Das kostet es mich selbst: Von anderen verlange ich fünfzehnhundert Franken, aber mir liegt an der Kundschaft der Herren Künstler, darum mache ich ihnen Vorzugspreise. Sie beehren mich alle, Herr Jean Varin. Gestern noch kaufte Herr Busnach eine große, antike Schale. Neulich erst habe ich an Herrn Alexandre Dumas zwei solche Leuchter verkauft. Sie sind schön, was? Sehen Sie mal, wenn Herr Zola das Ding da sähe, das Sie in der Hand haben – wär's schon weg, Herr Varin!

Der Schriftsteller schwankte unschlüssig. Der Gegenstand reizte ihn, doch er dachte an den Preis. Dabei kümmerte er sich so wenig um die neugierigen Blicke, als ob er in der Wüste allein gewesen wäre.

Sie war zitternd eingetreten, beinahe frech, das Auge auf ihn gerichtet. Nichts fragte sie danach, ob er schön sei, elegant, jung. Es war ja Jean Varin in eigner Person! Jean Varin!

Nach langem Kampf und schmerzlichem Zögern stellte er die Figur auf den Tisch mit den Worten:

– Nein, das ist zu teuer!

Der Kaufmann verdoppelte seine Beredsamkeit:

– Aber Herr Jean Varin, zu teuer? Das ist seine zweitausend Franken unter Brüdern wert!

Der Schriftsteller gab traurig zurück, indem er die Pagode mit den Emailaugen betrachtete:

– Das glaube ich schon! Aber es ist mir zu teuer.

Da packte sie närrische Keckheit. Sie trat vor und sagte:

– Für wieviel geben Sie mir das Ding da?

Der Kaufmann entgegnete erstaunt.

– Fünfzehnhundert Franken, meine Dame.

– Ich nehme es.

Bis dahin hatte sie der Schriftsteller nicht einmal bemerkt. Nun drehte er sich hastig um und musterte sie beobachtend, blinzelnd von Kopf zu Fuß. Dann blickte er sie schärfer an mit Kenneraugen.

Sie sah reizend aus. Das Feuer, das bis dahin in ihr geschlummert, hatte sie heute belebt und lieh ihr seinen Glanz. Und dann konnte eine Frau, die für fünfzehnhundert Franken eine Nippessache kauft, nicht gerade die erste beste sein.

Da wandte Sie sich zu ihm in einer Regung reizenden Zartgefühles und sagte mit bebender Stimme:

– Entschuldigen Sie, ich bin wohl voreilig gewesen, vielleicht waren Sie noch nicht schlüssig?

Er verbeugte sich:

– Ich war schlüssig, gnädige Frau.

Ganz bewegt antwortete sie:

– Jedenfalls, wenn Sie Ihre Ansicht ändern ... sollten, so werde ich Ihnen das Stück jederzeit überlassen. Ich habe es nur gekauft, weil es Ihnen gefiel.

Er lächelte, sichtlich geschmeichelt:

– Woher wissen Sie denn wer ich bin?

Da erzählte sie ihm von ihrer Bewunderung, sprach von seinen Werken und redete wie ein Wasserfall.

Bei der Unterhaltung hatte er sich auf ein Möbel gestützt und richtete auf sie seine durchdringenden Augen, im Bemühen sie zu erraten.

Ab und zu, wenn neue Käufer eingetreten waren, rief der Kaufmann, der glücklich war diese lebendige Reklame zu haben, vom anderen Ende des Ladens herüber:

– Bitte schön, Herr Jean Varin, sehen Sie mal das an, gefällt es Ihnen?

Dann wandten sich alle Köpfe herum, und es überlief sie kalt vor Wonne so im intimen Gespräch mit einem berühmten Manne gesehen zu werden.

Das machte sie förmlich trunken und sie wagte ein Äußerstes, wie ein Feldherr der den Sturm befiehlt:

– Herr Varin wollen Sie mir eine Freude machen, eine sehr große Freude. Erlauben Sie mir Ihnen diese Pagode als Andenken anzubieten an eine Frau die Sie leidenschaftlich bewundert, und die Sie nach diesen zehn Minuten nicht wiedersehen!

Er lehnte ab. Sie bestand darauf. Er widerstrebte höchlichst belustigt unter herzlichem Lachen.

Da sagte sie eigensinnig:

– Gut, dann bringe ich sie Ihnen sofort selbst! Wo wohnen Sie?

Er wollte seine Adresse nicht angeben, aber sie fragte den Händler darum, erfuhr sie, bezahlte ihren Kauf und lief zu einem Wagen. Der Schriftsteller hinterdrein, sie einzuholen, denn er wollte sich dem nicht aussetzen, ein Geschenk von jemandem zu erhalten, den er nicht kannte. Er erreichte sie, als sie gerade in den Wagen sprang, stürzte nach und fiel beim plötzlichen Anziehen des Pferdes beinahe auf sie drauf. Dann setzte er sich verdrießlich an ihre Seite.

Er hatte schön bitten, in sie dringen, sie blieb unbeugsam. Als sie an seine Thür kamen, stelle sie folgende Bedingungen:

– Ich erlasse es Ihnen, das da anzunehmen, wenn Sie versprechen, heute alles zu thun, was ich will.

Das schien ihm so komisch, daß er sich einverstanden erklärte. Nun fragte sie:

– Was machen Sie gewöhnlich um diese Zeit?

Er zögerte ein wenig, ehe er antwortete:

– Ich gehe spazieren!

Da befahl sie mit fester Stimme:

– Also in's Bois de Boulogne!

Sie gingen.

Er mußte ihr alle bekannten Damen zeigen, vor allem die der Halbwelt, mit allen Einzelheiten über ihr Leben, ihre Gewohnheiten, ihr Haus, ihre Laster.

Es begann Abend zu werden.

– Was machen Sie sonst um diese Zeit? fragte sie. Er antwortete lachend:

– Ich trinke meinen Absinth.

Da entgegnete sie ernsthaft:

– Herr Varin, so trinken wir unseren Absinth.

Sie traten in ein großes Boulevardcafé, wo er Kollegen zu treffen pflegte. Er stellte ihr alle vor. Sie war verrückt vor Freude und immerfort summte ihr das Wort im Hirn: Endlich! Endlich!

Die Zeit verstrich. Sie fragte:

– Ist's jetzt etwa Ihre gewohnte Essenszeit?

– Jawohl, gnädige Frau.

– Schön Herr Varin; dann wollen wir zu Tisch gehen!

Als sie das Café Bignon verließen meinte sie:

– Was machen Sie abends?

Er blickte sie starr an:

– Das kommt darauf an. Manchmal gehe ich ins Theater.

– Gut, Herr Varin, so gehen wir ins Theater.

Sie besuchten das Vaudeville, durch seine Vermittlung umsonst, und zu ihrem höchsten Stolze ward sie auf dem Balkonfauteuil vom ganzen Hause an seiner Seite gesehen.

Nach der Vorstellung küßte er ihr galant die Hand.

– Gnädige Frau, ich muß mich noch für diesen reizenden Tag bedanken ...

Sie unterbrach ihn:

– Was pflegen Sie sonst nachts um diese Zeit zu thun?

– Nun ... nun ... ich gehe nach Haus ...

Sie fing an zu lachen mit einem Zittern im Ton:

– Schön, Herr Varin ... wir wollen also zu Ihnen gehen.

Sie redete nicht mehr. Ab und zu schauerte sie zusammen von Kopf zu Fuß, indem sie abwechselnd der Wunsch überkam zu fliehen oder zu bleiben. Im Grunde ihres Herzens war sie aber doch entschlossen, alles auszukosten.

Auf der Treppe klammerte sie sich ans Geländer vor innerer Erregung. Er stieg atemlos voran einen Fünfminutenbrenner in der Hand.

Sobald sie im Zimmer war, zog sie sich schnell aus und schlüpfte ins Bett, ohne ein Wort zu sprechen. Dort wartete sie an die Wand gedrückt.

Aber sie war unerfahren, eben wie die Ehefrau eines Provinznotares. Er aber anspruchsvoller denn ein Pascha. Sie verstanden sich nicht. Nicht im Geringsten.

Da schlief er ein. Die Nacht strich hin nur vom Tik-Tak der Wanduhr unterbrochen. Sie lag unbeweglich und dachte an die Nächte daheim, und beim gelben Licht einer chinesischen Laterne betrachtete sie, unsägliche Traurigkeit im Herzen, neben sich diesen kleinen rundlichen Mann, der auf dem Rücken lag und dessen kugelförmiger Leib die Bettdecke hob gleich einem gefüllten Luftballon. Er schnarchte, daß es klang wie Orgelgebraus, wie langdauerndes Schnauben, wie die komischsten Erstickungsanfälle. Seine paar Haare machten sich die Ruhe zu nutze und sträubten sich auf die abenteuerlichste Art, als hätten sie die ewig gleiche Lage auf diesem nackten Schädel satt bekommen, dessen Verheerungen im Haarwuchs sie verstecken sollten. Und aus dem Winkel seines halboffenen Mundes zogen Speichelfäden.

Da sich endlich das Frührot ins Zimmer stahl, stand sie auf, kleidete sich lautlos an, und hatte schon halb die Thür geöffnet als das Schloß kreischte und er erwachte.

Er rieb sich die Augen. Als er seine Schlaftrunkenheit überwunden und ihm die Erinnerung des ganzen Erlebnisses wiedergekommen, fragte er:

– Nun? Sie gehen?

Sie blieb stehen und stotterte verlegen:

– Es ist ja Morgen!

Er richtete sich auf:

– Hören Sie mal, nun muß ich Sie aber etwas fragen.

Sie antwortete nicht und er fuhr fort:

– Sie haben mich höllisch in Erstaunen gesetzt seit gestern. Seien Sie mal aufrichtig und gestehen Sie mir, wozu Sie das alles gemacht haben! Denn ich kapiere die ganze Geschichte nicht.

Sie trat leise näher und jungfräuliches Rot stieg ihr in die Wangen:

– Ich wollte das ... das Laster ... kennen lernen ... nun ... nun ... schön ist es nicht.

Und sie entfloh, eilte die Treppe hinab und stürzte auf die Straße.

Ganze Reihen von Straßenkehrern kehrten. Sie kehrten die Bürgersteige und den Fahrdamm indem sie den Kehricht in die Gosse fegten. Immer mit dem gleichen regelmäßigen Schwung, wie Schnitter auf der Wiese, trieben sie den Schmutz im Halbkreis vor sich her. Von Straße zu Straße fand sie sie wieder, gleich ausgezogenen Hampelmännern automatisch schreitend.

Und ihr schien, als wäre auch aus ihr etwas hinausgekehrt worden, als wären ihre überhitzten Träume in den Rinnstein, in die Gosse gefegt.

Atemlos, erstarrt kam sie zu Hause an, nur die Erinnerung im Hirne jenes Besenschwunges, der Paris reinfegte am Morgen.

Und als sie in ihrem Zimmer war, weinte sie bitterlich.

Der Dieb

– Und wenn ich Ihnen sage, daß Sie's nicht glauben werden ...
– Erzählen Sie nur trotzdem.

– Meinetwegen. Aber ich muß Ihnen erst versichern, daß meine Geschichte buchstäblich wahr ist, so unwahrscheinlich sie Ihnen auch vorkommen mag. Die Maler werden sich freilich nicht weiter wundern, vor allem die älteren, die noch diese Zeit erlebt haben, wo die unglaublichsten Geschichten passierten, und eine solche Ulkstimmung herrschte, daß sie uns nicht mal bei den ernstesten Dingen losließ.

Und der alte Künstler setzte sich rittlings auf einen Stuhl. Sie befanden sich aber im Eßsaal eines Hotels in Barbizon. Er begann:

– Wir hatten nämlich an jenem Abend beim armen Sorieul gegessen. Heute ist er tot. Der war der tollste von uns. Wir waren nur zu dritt: Sorieul, ich und Le Poittevin, glaube ich. Aber ich kann nicht bestimmt behaupten, daß er's war. Übrigens meine ich den Marinemaler Eugen Le Poittevin, der auch schon gestorben ist – nicht den heute noch lebenden talentvollen Landschafter.

Wenn ich sage, wir hatten bei Sorieul gegessen, so heißt das so viel, als wir waren trunkenen Mutes. Nur Le Poittevin war noch vernünftig, angeheitert freilich, aber doch noch ziemlich klar. Jung waren wir damals, jung! Wir lagen der Länge nach auf dem Teppich im kleinen Zimmer neben dem Atelier und quasselten das blödsinnigste Zeug. Sorieul hatte seine Beine auf einen Stuhl gelegt und schwang lange Reden über Schlachten, und über die Uniformen des Kaiserreichs. Dabei sprang er plötzlich auf, holte aus seinem großen Kostümschrank eine Husarenuniform und zog sie an. Dann redete er Le Poittevin zu, sich als Grenadier zu verkleiden. Der wollte nicht, aber wir nahmen ihn beim Kragen, zogen ihn aus und steckten ihn in eine riesige Uniform. in der er gänzlich versank.

Ich selbst vermummte mich als Kürassier, und Sorieul ließ uns ein ganz schwieriges Manöver ausführen. Dann rief er:

– Kinder, da wir nun heute abend Kommisser sind, saufen wir auch wie die Kommisser!

Ein heißer Punsch wurde gebraut, heruntergeschüttet, und zum zweiten Mal angesteckt. Dazu sangen wir aus vollem Halse alte Lieder. Lieder, die einst die alten Troupiers der großen Armee gegröhlt.

Plötzlich hieß uns Le Poittevin, der immer noch halbwegs bei Sinnen blieb, schweigen. Einige Sekunden war alles still, dann sagte er mit gedämpfter Stimme:

– Eben ging jemand im Atelier!

Sorieul erhob sich so gut er konnte und rief:

– Ein Dieb! Haben wir aber Schwein!

Dann stimmte er die Marseillaise an.

»Zu den Waffen, Bürger!«

Er stürzte sich auf einen Waffenständer und rüstete uns aus je nach den Uniformen: ich bekam eine Art von Muskete und einen Säbel, Le Poittevin ein riesiges Gewehr mit aufgepflanztem Bajonett. Sorieul fand nicht gleich etwas Passendes, darum steckte er sich eine Reiterpistole in den Gürtel und schwang ein Enterbeil. Dann öffnete er vorsichtig die Thür zum Atelier und die Armee betrat den Kriegsschauplatz.

Als wir uns mitten in dem großen Raum befanden, der ganz voll stand von riesigen Bildern, Möbeln und allerhand wunderlichen Gegenständen, sagte Sorieul zu uns:

– Ich ernenne mich hierdurch zum General. Wir wollen Kriegsrat halten. Du, das Kürassierregiment, schneidest dem Feinde den Rückzug ab. Das heißt, du schließest die Thüre zu. Du als Grenadier, begleitest mich.

Ich führte die befohlene Bewegung aus, dann folgte ich dem Gros der Truppen, das eine Recognoscierung vornahm.

Als ich es gerade hinter einem großen Wandschirm einholte, erhob sich ein fürchterlicher Lärm. Ich stürzte vor, ein Licht in der Hand. Le Poittevin hatte mit einem Bajonettstoß einer Gliederpuppe die Brust durchbohrt und Sorieul spaltete ihr mit einem Axthieb den Kopf. Der Irrtum wurde festgestellt und der General befahl:

– Kinder – Vorsicht!

Dann wurden die Operationen wieder aufgenommen.

Zwanzig Minuten lang durchstöberten wir alle Ecken und Winkel des Ateliers ohne Erfolg. Da kam Le Poittevin auf die Idee, einen riesigen dunklen, tiefen Wandschrank zu öffnen. Ich leuchtete mit dem Licht hinein und fuhr entsetzt zurück: ein Mann steckte drin, ein lebendiger Mann, der mich angeguckt hatte.

Sofort schloß ich den Schrank zu, zweimal herum, und wir hielten wieder Kriegsrat.

Wir waren verschiedener Meinung. Sorieul wollte den Dieb ausräuchern, Le Poittevin aushungern und ich den Schrank mit Pulver in die Luft sprengen.

Le Poittevins Vorschlag drang durch, und während er mit seiner großen Flinte als Posten aufzog, holten wir den Rest des Punsches und unsere Pfeifen. Dann schlugen wir vor der verschlossenen Thür ein Lager auf und tranken auf das Wohl des Gefangenen.

Nach einer halben Stunde sagte Sorieul:

– Es ist Wurscht – ich möchte den Kerl mal in der Nähe angucken. Wenn wir ihn mit Gewalt aushöben?

Ich rief:

– Bravo!

Wir griffen zu den Waffen. Die Schrankthür wurde aufgemacht, Sorieul spannte seine Pistole, die nicht geladen war, und stürzte voran.

Mit Geheul wir nach. Nun begann eine fürchterliche Balgerei im Dunklen und nach fünf Minuten abenteuerlicher Schlacht, zogen wir einen zerlumpten, dreckigen, alten Banditen heraus mit weißen Haaren.

Hände und Füße wurden ihm gebunden, dann setzten wir ihn so in einen Lehnstuhl. Er redete kein Wort.

Da rief Sorieul in feierlicher Trunkenheit:

– So, jetzt wollen wir diesen Lumpen vor Gericht stellen.

Ich war so angeraucht, daß mir der Vorschlag ganz selbstverständlich erschien.

Le Poittevin wurde zum Verteidiger bestellt, ich fungierte als Staatsanwalt.

Mit allen Stimmen weniger eine, die seines Verteidigers, ward er zum Tode verurteilt.

– Nun werden wir ihn hinrichten! meinte Sorieul.

Aber ihm kam ein Bedenken:

– Dieser Mensch darf nicht ohne Tröstung der Kirche sterben. Wie wäre es, wenn wir einen Priester holten?

Ich gab die späte Nachtstunde zu bedenken. Da schlug mir Sorieul vor, ich sollte das Amt übernehmen, und ermahnte den Verbrecher mir die Beichte abzulegen.

Seit fünf Minuten starrte uns der Mensch mit entsetzten Augen an, in denen die Frage lag mit was für einer Art Wesen er es nur um Gottes Willen zu thun habe. Nun stammelte er mit hohler, alkoholheiserer Stimme:

– Sie machen gewiß nur Scherz ...

Aber Sorieul zwang ihn auf die Knie nieder und goß ihm, in der Befürchtung seine Eltern möchten etwa unterlassen haben ihn taufen zu lassen, ein Glas Rum über den Schädel.

Dann sagte er zu ihm:

– Nun beichte dem Herrn. Dein letztes Stündlein hat geschlagen.

Der alte Lump fing zu Tode erschrocken an um Hülfe zu schreien und zwar so laut, daß wir ihn knebeln mußten. Sonst wären alle Nachbarn aufgewacht. Nun wälzte er sich am Boden, warf die Möbel um, durchstieß die Bilder, indem er sich krümmte und um sich schlug. Endlich rief Sorieul ungeduldig: – Wir wollen ihm den Rest geben! Er zielte auf den Unglücklichen an der Erde, drückte am Abzug seiner Pistole, und der Hahn schlug klappend nieder. Ich folgte seinem Beispiel und schoß auch. Mein Steinschloß gab einen Funken, der mich selbst in Erstaunen setzte.

Da fragte Le Poittevin langsam und mit Würde:

– Haben wir eigentlich das Recht diesen Mann zu töten?

Sorieul stutzt:

– Wir haben ihn doch zum Tode verurteilt!

Aber Le Poittevin gab zurück:

– Zivilisten werden nicht standrechtlich erschossen. Den hier müssen wir dem Henker überliefern. Wir müssen ihn zur Wache bringen.

Das leuchtete uns ein. Wir lasen den Kerl auf und luden ihn, da er nicht gehen konnte, auf die Platte eines Modelltisches. Dort wurde er festgebunden und Le Poittevin und ich schleppten ihn fort, während Sorieul, bis an die Zähne bewaffnet, die Nachhut übernahm.

Der Posten vor der Wache hielt uns an, und rief den Wachthabenden. Der erkannte uns. Da er nun täglich Zeuge unseres Ulkes, unserer unglaublichen Streiche war, lachte er nur und wollte unseren Gefangenen nicht annehmen.

Sorieul bestand darauf, aber der Posten forderte uns energisch auf ohne weiteren Lärm nach Hause zu gehen.

Die Kolonne setzte sich also in Marsch und kehrte ins Atelier zurück. Ich fragte:

– Was machen wir denn nun aber mit dem Diebe?

Le Poittevin wurde weich und behauptete, der Kerl müsse tüchtig müde sein. Er sah auch wahrhaftig wie ein Sterbender aus, gefesselt, geknebelt und auf das Brett geschnallt wie er war.

Auch mich überfiel eine Anwandlung von Mitleid. so 'ne Art heulendes Elend: Ich nahm ihm den Knebel aus dem Mund und fragte:

– Na mein Alter – wie geht's denn?

Er stöhnte: – Himmeldonnerwetter, nu is's aber genug! – Da ward Sorieul väterlich, nahm ihm alle seine Stricke ab, hieß ihn setzen, dutzte ihn und um ihn wieder auf die Beine zu bringen, machten wir uns daran schnell einen neuen Punsch zu brauen. Der Dieb saß ruhig in seinem Stuhl und sah zu. Als das Getränk fertig war, kriegte er ein Glas – wir hatten ihm sogar den Kopf gehalten – und stieß an.

Der Gefangene soff für 'n ganzes Regiment. Als aber der Tag anbrach, erhob er sich und sagte ganz ruhig:

– Ich bin leider genötigt, Sie zu verlassen, denn ich muß nun nach Haus.

Wir waren sehr betrübt, und wollten ihn zurückhalten, doch er lehnte es ab länger zu bleiben.

So drückten wir ihm also die Hand und Sorieul leuchtete ihm den Flur hinab mit dem Ruf:

– Passen Se auf die Stufe auf, am Thorweg unten.

Alles lachte um den Erzähler herum, der sich erhob, seine Pfeife anzündete und hinzufügte, indem er sich gemütlich uns gegenüber aufpflanzte:

– Aber das wunderbarste an meiner Geschichte ist – sie ist wahr!

Das Bett

An einem glühend heißen Sommernachmittag lag das große Versteigerungslokal wie verschlafen da. Die Auktionatoren schlugen auf die Gebote mit matter Stimme zu. In einem Hintersaal im ersten Stock schlummerte in einer Ecke ein Haufen altseidener Kirchengewänder. Feierliche Chorröcke und anmutige Meßgewänder, auf denen sich gestickte Blumengewinde aus vergilbtem, einst weißem Grunde, um symbolische Buchstaben wanden.

Einige Trödler warteten: zwei, drei Männer mit schmutzigen Bärten und ein großes, dickes Weib, eine jener Händlerinnen, die Kleiderhandel treiben und nebenbei verbotene Liebe unterstützen und beraten, die ebenso gut altes und junges Menschenfleisch verschachern als alte und neue Kleider.

Da wurde ein reizendes Meßgewand im Stile Ludwig XV. zum Verkauf ausgeboten. Es war hübsch wie ein Marquisenkleid, gut erhalten, mit einem Maiblumenkranze um das Kreuz. Lange blaue Schwertlilien stiegen hinauf bis zum heiligen Zeichen und Rosenkronen waren in den Ecken. Als ich es gekauft hatte, gewahrte ich, daß ihm ein leiser Geruch geblieben, als ob ihm ein wenig Weihrauch entströme, oder vielmehr als ob die zarten, süßen Düfte früherer Zeiten daraus stiegen, wie ein Nachwehen einstiger Wohlgerüche.

Zu Haus wollte ich einen reizenden kleinen Stuhl desselben Stils damit überziehen. Wie ich nun den Stoff, um Maß zu nehmen, in Händen hielt, fühlte ich unter den Fingern Papier rauschen. Als ich das Futter auftrennte, fielen ein paar Briefe heraus. Sie waren vergilbt und die halb verwischte Tinte hatte Rostfarbe angenommen. Mit feiner Handschrift stand auf einer Seite des auf altertümliche Art zusammengefalteten Blattes:

Herrn Abbé d'Argencé

Die drei ersten Briefe bestimmten einfach ein Stelldichein. Der vierte lautete so:

»Lieber Freund, ich bin krank, fühle mich elend und hüte das Bett. Der Regen peitscht an die Fensterscheiben, und ich bleibe mollig, süß träumend, in den warmen Kissen. Ein Buch liegt vor mir, ein Buch, das ich liebe. Ich fühle, es steht ein Teil meiner selbst darin. Soll ich es Ihnen nennen? Nein. Sie würden schelten. Und dann komme ich auf allerlei Gedanken, wenn ich gelesen habe und ich will Ihnen sagen auf welche.

Man hat mir Kissen hinter den Kopf gethan, so kann ich sitzen und ich schreibe Ihnen auf dem süßen kleinen Pult, das ich von Ihnen habe.

Da ich nun seit drei Tagen zu Bett liege, so denke ich an mein Bett und selbst im Schlafe verläßt mich der Gedanke nicht.

Das Bett, lieber Freund, bedeutet unser ganzes Leben. Da kommt man zur Welt, da liebt man, da geht man wieder von hinnen.

Wenn ich schreiben könnte wie Herr de Crébillon – so würde ich die Geschichte eines Bettes schreiben. Welch ergreifend schreckliche, welch reizende und rührende Geschichten ließen sich da erzählen! Welche Lehren ließen sich daraus ziehen, welche Nutzanwendung für jedermann!

Sie kennen mein Bett, lieber Freund! Sie können sich nicht denken, was ich seit drei Tagen alles daran entdeckt habe und wie ich es lieber gewonnen seitdem. Mir kommt es vor, als sei es bewohnt, ich möchte sagen, als hätte es Umgang mit vielen, vielen Leuten, von deren Existenz ich keine Ahnung gehabt, die dennoch auf diesem Lager ein Stück ihrer selbst gelassen haben.

Ich kann die Menschen nicht begreifen, die ein neues Bett kaufen, ein Bett, an dem keine Erinnerung hängt. Meines – unseres, so alt, so verbraucht, so geräumig wie es ist, hat vielen Menschendasein Raum gewährt von der Wiege bis zum Grabe. Denken Sie, lieber Freund, an alles das. Lassen Sie einmal zwischen diesen vier Säulen, unter diesem bilddurchwirkten Baldachin uns zu Häupten, der so viel mit angesehen hat, ganze Menschenleben wieder lebendig werden. Dreihundert Jahre ist er alt und was mag er alles erlebt haben!

Da ruht eine junge Frau. Sie stößt von Zeit zu Zeit einen Seufzer aus. Sie stöhnt. Die alten Eltern sind um sie, und da bringt sie ein kleines, runzeliges Wesen zur Welt, das da Tönchen von sich giebt wie ein Kätzchen. Das ist ein Mensch der seinen Einzug hält. Und die junge Mutter fühlt sich schmerzlich glücklich bewegt. Die Freude überwältigt sie bei diesem ersten Schrei, atemlos streckt sie die Arme ihrem Kinde entgegen und alle weinen vor Wonne. Denn dies Stück menschliche Kreatur, das von ihr ging, bedeutet das Weiterblühen des Stammes, die Fortpflanzung von Blut. Herz und Seele der Alten, die bebend zuschauen.

Dann wieder finden sich in diesem Schrein des Lebens zwei Liebende zum ersten Male Seite an Seite zusammen. Zitternd, jubelnd fühlen sie sich Brust an Brust, und mählich nähert sich Mund dem Munde. Der göttliche Kuß eint sie, der Kuß, der die Pforte ist des Himmels auf Erden, der Kuß, der da singt von der Menschen Wonnen, der sie verspricht, und mehr giebt als er verkündet. Und ihr Bett flutet an, wie wildbewegtes Meer, ebbt und murmelt, scheint selbst freudiges Leben zu leben, denn in ihm vollzieht sich das sinnverwirrende Rätsel der Liebe. Giebt es Süßeres, Größeres auf dieser Erde, als dieses Band, das zwei Wesen zu einem verknüpft, das beiden im gleichen Augenblick, gleichen Wunsch, gleiche Hoffnung, gleiche rasende Wonne eingiebt, die sie wie ein zehrendes, himmlisches Feuer durchschießt.

Erinnern Sie sich noch der Verse, die Sie mir voriges Jahr vorlasen aus irgend einem alten Dichter – wer wars? – vielleicht der süße Ronsard?

>»Und wenn wir verschlungen liegen
In den Kissen ganz verschwiegen,
Wollen wir uns heimlich necken,
Schäkernd nach Verliebter Weise
Treiben tausend Kurzweil leise,
Unter schweigend stillen Decken«

Diese Verse möchte ich auf den Baldachin meines Bettes gestickt haben, von dem mich Pryramus und Thisbe immerfort mit ihren Tapisserieaugen ansehen.

Und, lieber Freund, denken Sie an den Tod, an alle jene, die in diesem Bett ihren letzten Hauch zu Gott emporgesandt haben. Denn es ist auch die letzte Stätte begrabener Hoffnungen, das Thor das sich hinter allem schließt, nach dem es den Eingang in die Welt bedeutet. Wie oft hat dieses Bett, in dem ich Ihnen schreibe, seit den drei Jahrhunderten, in denen es Menschen eine Heimstätte ward, wilde Schreie, Angst, Leiden, grausige Verzweiflung, Todesstöhnen, nach der Vergangenheit ausgereckte Arme, Klagen gehört um Glück, das nimmer wiederkehrt! Wie oft Zuckungen, Röcheln, verzerrte Gesichter, einen entstellten Mund, ein gebrochenes Auge gesehen.

Das Bett, denken Sie darüber nach, ist das Symbol des Lebens. Das habe ich seit drei Tagen erkannt. Das Bett ist das Köstlichste was es giebt.

Ist nicht der Schlaf unser Bestes hienieden?

Aber es ist auch die Stätte unserer Leiden! Die Zuflucht der Kranken, dem müden Leibe ein Ort der Schmerzen.

Das Bett bedeutet unsere Menschlichkeit. Unser Herr Jesus scheint nie eines Bettes bedurft zu haben, als sollte es heißen, daß an ihm nichts Menschliches klebte. Er ist auf dem Stroh geboren, und gestorben am Kreuz. Geschöpfen wie wir sind, überließ er das Lager der Ruhe und Weichlichkeit.

Ach mir ist noch soviel anderes eingefallen! Aber die Zeit fehlt mir, es Ihnen alles aufzuzählen und würde ich an alles denken? Dann bin ich auch schon so müde, daß ich die Kopfkissen im Rücken fortwerfen will, mich lang ausstrecken und ein bißchen schlafen.

Besuchen Sie mich morgen um drei Uhr. Vielleicht geht es mir besser, und Sie können sich davon überzeugen.

Leben Sie wohl, liebster Freund. Ich strecke Ihnen die Hand zum Kuß entgegen und – meine Lippen.

Fräulein Fifi

Der preußische Befehlshaber Major Graf von Farlsberg durchflog die eingelaufenen Postsachen. Er war in einem großen gestickten Fauteuil versunken und hatte die Stiefel auf den eleganten Marmor des Kamins gelegt, in den seine Sporen seit den drei Monaten, die er nun im Schloß von Uville lag, zwei tiefe Löcher gebohrt. Von Tag zu Tag wurden sie tiefer.

Eine Tasse Kaffee dampfte auf einem kleinen eingelegten Tischchen, das durch Likör beschmutzt, von Cigarren verbrannt und mit dem Federmesser des als Sieger hausenden Offiziers zerschnitten war. Wenn er seinen Bleistift spitzte, hielt er oft in Gedanken inne und kritzelte Buchstaben oder Figuren auf dem zierlichen Möbel.

Als er seine Briefe zu Ende gelesen und die deutschen Zeitungen durchflogen, die ihm der Wachtmeister gebracht, stand er auf. Er warf drei oder vier mächtige Kloben frischen Holzes ins Feuer – denn die Herren fällten allmählich, um sich zu wärmen, den ganzen Park – und trat ans Fenster.

In Strömen ging der Regen nieder, ein echter Regen der Normandie, als ob er im Zorn heruntergeschüttet worden, schief, wie ein dichter Vorhang, eine schräge gestreifte Mauer. Ein Regen, der das Gesicht peitschte, mit Kot besprizte, alles ersäufte, ein Regen, wie er nur um Rouen fallen kann, dem Nachtgeschirr Frankreichs.

Der Offizier sah lange auf die überschwemmten Rasenflächen hinaus und weiterhin auf die angeschwollene Andelle, die über die Ufer getreten. Er trommelte einen rheinischen Walzer an den Scheiben, als er Lärm hörte. Er drehte sich um: der zweitälteste Offizier war gekommen: Rittmeister Freiherr von Kelweingstein.

Der Major war ein breitschultriger Riese mit langem Vollbart, der sich fächerartig auf der Brust ausbreitete. Seine mächtige gravitätische Erscheinung machte den Eindruck eines militärischen Pfaues, aber eines Pfaues, dessen Schweif unter dem Kinn wuchs und dort ein Rad schlug. Er hatte kühle, mildblickende blaue Augen, eine Backe war ihm im österreichischen Feldzuge durch einen Säbelhieb gespalten. Er galt für einen braven Mann und guten Soldaten.

Der Rittmeister dagegen war klein, rotwangig mit dickem Bauch und gebremster Taille. Kurz geschoren trug er sein feuerrotes Haar, dessen Stoppeln ihm bei gewisser Beleuchtung einige Ähnlichkeit mit einer Streichholzkuppe gaben. In einer Bummelnacht hatte er einmal, weiß Gott wie, zwei Zähne eingebüßt, sodaß man ihn nun bei seiner Sprechweise schlecht verstand. Dazu trug er eine Glatze, gleich einer Mönchstonsur, um deren nackten Kreis ein Fell goldglänzender kleiner Härchen stand.

Der Befehlshaber gab ihm die Hand und schüttete auf einen Zug seinen Kaffee hinab (die sechste Tasse seit heute früh), indem er die Meldung seines Untergebenen über die Vorkommnisse im Dienst anhörte. Dann traten beide ans Fenster und meinten, es sei hier nicht gerade zum Totlachen. Der Major, eine ruhige Natur, der eine Frau daheim besaß, fügte sich in alles, aber der freiherrliche Rittmeister, ein großer Bummler und Mädchenjäger, war wütend, nun seit drei Monaten auf diesem verlorenen Posten zur Enthaltsamkeit gezwungen zu sein.

Da sie an der Thür Lärm vernahmen, rief der Major »herein« und ein Mensch – einer ihrer steifen Soldaten – erschien in der Öffnung, durch seine stumme Gegenwart das Frühstück meldend.

Im Eßsaal fanden sie drei andere Offiziere vor: Premierleutnant Otto von Großling, die Leutnants Fritz Schönauburg und Wilhelm Reichsgraf von Eyrik, ein winziges, blondes Kerlchen, das stolz und roh gegen seine Leute war, schroff gegen die Besiegten, und heftig wie ein Gewehr, das immerfort losgeht.

Seitdem sie sich in Frankreich befanden, nannten ihn seine Kameraden nur noch »Fräulein Fifi«. Ein Spitzname, den er seinem gezierten Wesen verdankte, seiner engen Taille, die den Eindruck machte, als trüge er ein Korsett und seinem bleichen Gesicht, auf dem man kaum den ersten Bartflaum sah. Vor allem aber, weil er es sich angewöhnt hatte, um seine allerhöchste Verachtung von Menschen und Dingen auszudrücken, fortwährend die französische Redensart zu gebrauchen »*fi donc*«, deren »*fi*« er leise pfeifend aussprach.

Der Eßsaal des Schlosses Uville war ein großer, fürstlich ausgestatteter Raum. Seine mit Kugellöchern besäten, alten Kristallspiegel, seine hohen, flandrischen Gobelins, die von Säbelhieben zerfetzt hier und da herunterhingen, zeugten von Fräulein Fifis Beschäftigung in seinen Mußestunden.

An der Wand hingen drei Familienbilder, ein gepanzerter Krieger, ein Kardinal und ein Staatsmann. Sie rauchten lange Porzellanpfeifen, während eine Edelfrau in enganschließendem Gewand aus ihrem durch die Jahre etwas goldverblichenen Rahmen anmaßend mit einem mächtigen Kohleschnurrbart herausschaute.

Die Offiziere nahmen beinahe schweigend das Frühstück ein in diesem verwüsteten, bei dem Regenwetter düsteren Gemach, das traurig dreinschaute angesichts der Sieger und dessen altes Eichengetäfel abgetreten war wie die Diele einer Kneipe.

Nach Tisch rauchten sie, tranken und sprachen wie alltäglich von ihrer Langeweile. Cognac und Schnaps ging reihum, sie lehnten sich in den Stühlen zurück, und bliesen in kleinen Wölkchen den Dampf aus ihren im Mundwinkel baumelnden, langen Pfeifen mit den Porzellanköpfen, auf denen Bilder geklext waren, um Hottentotten zu berücken.

Sobald die Gläser leer wurden, füllten sie sie müde von neuem. Aber Fräulein Fifi zerbrach alle Augenblicke das seine, und sofort reichte ihm ein Soldat ein anderes.

Schwarzer Tabakrauch hüllte sie ein wie in eine Wolke, und sie brüteten hier in trauriger, schläfriger Trunkenheit, jener stumpfsinnigen Sauferei von Leuten, die nichts zu thun haben.

Aber der Freiherr raffte sich plötzlich auf. Er ärgerte sich und fluchte:

– Gott verdamm' mich, das kann nicht so weiter gehen! Wir müssen irgend was aushecken!

Premierleutnant von Großling und Leutnant Schönauburg, zwei echt deutsche, schwerfällige, ernste Menschen, antworteten zugleich:

– Was denn Herr Rittmeister?

Er sann einen Augenblick nach, bis er zurückgab:

– Was? Nun, wenn der Herr Major nichts dagegen hat müßten wir irgend ein Fest veranstalten.

Der Major nahm seine Pfeife aus dem Mund:

– Was für'n Fest meinen Sie, Kelweingstein?

Der Freiherr erklärte sich näher:

– Herr Major ich übernehme alles. Ich schicke den »Befehl« nach Rouen. Der wird uns Weiber holen. Ich weiß schon woher. Wir veranstalten ein kleines Souper. Wir haben alles dazu hier. Jedenfalls giebt's einen ganz netten Abend!

Graf Farlsberg zuckte lächelnd die Achseln.

– Sie sind verdreht, lieber Freund!

Aber die Offiziere waren alle aufgesprungen, umringten den Major und baten:

– Herr Major müssen's dem Herrn Rittmeister erlauben! Es ist zu ledern hier!

Endlich willigte der Major ein:

– Meinetwegen.

Da ließ der Freiherr den »Befehl« kommen, einen alten Unteroffizier, der nie eine Miene verzog, und für jeden Auftrag seiner Vorgesetzten nur ein »Befehl« hatte.

Unbeweglich nahm er des Rittmeisters Auseinandersetzung entgegen, ging, und fünf Minuten später jagte im strömenden Regen ein mit vier Pferden bespannter Trainwagen, über den man die Plane eines Müllerwagens gespannt, im Galopp davon.

Da schienen sie sofort aufzuwachen, sie richteten sich aus ihren müden Stellungen auf, ihre Mienen wurden lebhaft und man begann zu schwatzen.

Der Major behauptete, obgleich es noch immer weiter goß, es sei schon heller geworden. Premierleutnant von Großling kündigte mit Bestimmtheit an, der Himmel würde sich aufklären. Selbst Fräulein Fifi schien erregt, stand auf, setzte sich. Sein hartes, klares Auge suchte nach einem Zerstörungsobjekt. Der junge Blondkopf sah plötzlich die Dame mit dem Schnurrbart scharf an, zog seinen Revolver und sagte:

– Du sollst das nicht mit ansehen!

Ohne aufzustehen zielte er, und schoß mit zwei Kugeln scharf hintereinander dem Bilde die Augen aus. Dann rief er:

– Jetzt wollen wir 'ne Mine legen!

Sofort schwieg das Gespräch als ob alle einen neuen, wichtigen Unterhaltungsstoff gefunden.

»Die Mine« war seine Erfindung, Seine Vernichtungsart, sein Hauptvergnügen.

Graf Ferdinand d'Amoys d'Uville, der rechtmäßige Besitzer, hatte, ehe er das Schloß verließ, keine Zeit gehabt, irgend etwas mitzunehmen oder zu verstecken. Nur das Silber war in der Mauer in einem Loch verborgen. Da er nun sehr reich war und prachtliebend, so schaute sein großer Salon neben dem Eßsaal vor der schleunigen Flucht seines Herrn, wie ein Museum aus.

An den Wänden hingen kostbare Ölgemälde, Handzeichnungen und Aquarelle. Auf den Möbeln, Etagèren, in eleganten Glasschränken, standen tausend Nippsachen, Vasen, Statuen, Figürchen aus Altmeißen, chinesische Pagoden, alte Elfenbeinschnitzereien und Venezianische Gläser wertvoll und wundervoll.

Viel war nicht mehr übrig. Nicht daß man sie hätte mitgehen heißen – das hätte Major Graf Farlsberg nie geduldet – aber Fräulein Fifi legte ab und zu eine »Mine«. Und an diesem Tage unterhielten sich alle Offiziere einmal wirklich fünf Minuten lang.

Der kleine Reichsgraf holte aus dem Salon was er brauchte. Er brachte eine reizende, kleine chinesische Theekanne mit, füllte sie mit Schießpulver, steckte vorsichtig ein langes Stück Feuerschwamm in die Schnauze, zündete es an und trug die Höllenmaschine schnell in das Nebengemach.

Dann kehrte er eiligst zurück und schloß die Thür. Die Deutschen blieben stehen und warteten mit lächelnder Miene neugierig wie die Kinder. Sobald die Explosion das Schloß hatte erzittern machen, liefen sie alle herbei.

Fräulein Fifi war zuerst eingetreten und schlug vor Freude die Hände zusammen angesichts einer Venus aus Terrakotta, deren Kopf endlich abgesprungen. Jeder hob Porzellanstücke auf, bestaunte die seltsamen Sprünge der Splitter, betrachtete die neuen

Verwüstungen, stellte gewisse Verheerungen, als eben entstanden, fest, und der Major besah väterlichen Auges den großen Salon, der durch diesen Vandalismus um und um geworfen war und besät mit Überresten von Kunstwerken. Er entfernte sich zuerst, indem er gutmütig erklärte:

– Dies Mal hat die Geschichte gut geklappt!

Aber in den Eßsaal war eine solche Rauchwolke gedrungen und mischte sich nun mit dem Tabakdunst, daß man kaum atmen konnte. Der Major riß ein Fenster auf, und die Offiziere, die herübergekommen waren, um noch einen letzten Schluck Cognac zu trinken, stellten sich dazu.

Die feuchte Luft strömte ins Zimmer, indem sie die Bärte mit Wasserdunst beschlug. Ein Überschwemmungsgeruch verbreitete sich. Vor ihnen lagen die großen Bäume, die sich förmlich bogen unter den Regengüssen, das weite, durch die triefenden, tiefhängenden, dunkeln Wolken nebelerfüllte Thal, und in der Ferne den aus dem peitschenden Regen wie eine graue Nadel ragenden Kirchturm.

Seitdem sie im Lande waren, hatte sein Geläut geschwiegen, der einzige Widerstand, den die Eindringlinge weit und breit gefunden. Der Pfarrer hatte sich nicht geweigert, preußische Soldaten bei sich aufzunehmen und zu verpflegen. Er hatte sogar ein paar Mal mit dem feindlichen Befehlshaber, der sich seiner oft als wohlwollende Mittelsperson bediente, eine Flasche Bier oder Rotwein getrunken. Aber nicht einen Ton seiner Glocke durfte man von ihm verlangen. Lieber hätte er sich totschießen lassen. So protestierte er gegen den feindlichen Einbruch auf seine eigne Art, friedlich, still, die einzige Form, die, wie er sagte, dem Priester zustand, als Mann des Friedens und nicht des Krieges. Und Jedermann zehn Meilen in der Runde rühmte die Festigkeit und den Mut des Abbé Chantavoine, der durch das beharrliche Schweigen seiner Kirche die öffentliche Trauer einzugestehen und zu verkünden wagte.

Das ganze Dorf fühlte sich gehoben durch diesen Widerstand. Sie waren bereit durch Dick und Dünn mit ihrem Pfarrer zu gehen und betrachteten diesen stillschweigenden Protest als Rettung der Nationalehre. Die Bauern glaubten sich so mehr ums Vaterland verdient zu machen als Belfort und Straßburg, meinten, sie hätten ein gleich hohes Beispiel gegeben, so daß der Name ihres Dorfes nun unsterblich geworden. Sonst fügten sie sich den siegreichen Preußen.

Der Major und seine Offiziere lachten über diesen harmlosen Mut. Da sich sonst die ganze Gegend gefällig und nachgiebig gegen sie zeigte, so duldeten sie diesen stummen Patriotismus.

Nur der kleine Reichsgraf hätte die Glocke gern zum Läuten gebracht. Er ärgerte sich über die Nachgiebigkeit seines Vorgesetzten gegen den Pfarrer. Täglich bat er den Major, ihn doch ein einziges Mal »Bim-bam« machen zu lassen, einmal nur, ein einziges Mal, damit es was zu lachen gäbe. Katzenfreundlich, weibisch schmeichelnd bat er darum, mit weicher Stimme, wie eine, die von ihrem Liebhaber die Erfüllung irgend eines sehnlichen Wunsches begehrt. Aber der Major gab nicht nach und Fräulein Fifi legte im Schlosse von Uville weiter »Minen« als Trost.

Die fünf Männer atmeten am Fenster einige Minuten hindurch die feuchte Luft ein. Endlich sagte Leutnant Schönauburg mit halbem Lächeln:

– Na, schönes Wetter haben die Damen zu ihrem Ausfluge gerade nicht!

Darauf trennte man sich. Jeder mußte zu seinem Dienst und der Rittmeister hatte für das Diner zu sorgen.

Als sie sich bei Einbruch der Dämmerung wieder zusammenfanden und einander ansahen alle pomadisiert, parfümiert, frisch hergerichtet strahlend wie zur Parade, herrschte allgemeine Heiterkeit. Des Majors Haare schauten weniger grau aus, als am Morgen, und der Rittmeister hatte sich rasiert. Nur der Schnurrbart war stehen geblieben, wie eine Flamme unter der Nase.

Trotz des Regens blieb das Fenster offen und einer der Herren horchte bisweilen. Um sechs Uhr zehn Minuten verkündigte der Rittmeister, er höre ein fernes Rollen. Alle liefen herbei und bald darauf erschien im Galopp der große Wagen, dessen rauchende, schnaubende Pferde bis zum Rücken hinauf besprizt waren.

Fünf Frauenzimmer stiegen aus, schöne Mädchen, die ein Kamerad des Rittmeisters, dem der »Befehl« eine diesbezügliche Karte seines Schwadronschefs gebracht, sorgfältig ausgewählt.

Sie hatten sich nicht weiter nötigen lassen, denn sie wußten, daß sie gut bezahlt werden würden. Im übrigen kannten sie die Preußen nun seit drei Monaten, die sie mit ihnen in Berührung waren und nahmen Männer und Dinge wie sie nun einmal lagen. – Das Geschäft bringt es so mit sich! sagten sie sich unterwegs um letzte Gewissensregungen zu betäuben.

Gleich ging's in den Eßsaal, der erleuchtet in seinem kläglichen Zustande noch trauriger aussah.

Der mit Speisen, reichem Geschirr und dem Silber gedeckte Tisch, das in dem Loch aufgestöbert worden, wo es der Besitzer versteckt, gab dem Raum das Aussehen einer Schenke, in der Räuber nach einer Plünderung tafeln. Der Rittmeister strahlte. Er nahm von den Mädchen Besitz, wie von etwas altvertrautem, beguckte, umarmte, beschnupperte sie, und tarierte sie dabei auf ihren Wert als Dirne. Die drei jungen Leute wollten nun jeder eine in Besitz nehmen. Aber da widersprach er energisch, indem er sich die Teilung vorbehielt, nach Recht und Gerechtigkeit genau nach der Ancienneität, damit nicht gegen die militärische Ordnung verstoßen würde.

Um nun Streit und Widerrede, auch um den Schimmer von Parteilichkeit zu vermeiden, ordnete er sie nach der Größe und fragte den rechten Flügelmann im Befehlstone:

– Wie heißt Du?

Sie antwortete mit rauher Stimme.

– Pamela.

Da bestimmte er:

– Nummero Eins, namens Pamela, zur Dienstleistung beim Herrn Major.

Nachdem er dann Blondine, die zweite, durch einen Kuß in Besitz genommen, teilte er Premierleutnant von Großling die dicke Amanda und Leutnant Schönauburg die Tomaten-Eva zu. Rahel, die kleinste, braun, blutjung, mit kohlschwarzen Augen, eine Jüdin, deren Regennase die Regel bestätigte, wonach ihre Rasse krumme Schnäbel trägt, erhielt der jüngste Offizier, der gebrechliche Reichsgraf Wilhelm von Eyrik.

Übrigens waren sie alle hübsch und rundlich, ohne besonderen Ausdruck, an Teint und Äußerem etwa gleich geworden durch tägliche Ausübung ihres Berufes und durch das gemeinsame Leben im öffentlichen Hause.

Die drei jungen Leute wollten, unter dem Vorwand, ihnen Seife und Bürsten zum Reinigen anzubieten, ihre Mädchen sofort mit sich nehmen, doch der Rittmeister war schlauerweise dagegen. Er meinte, sie wären reinlich genug, um sich zu Tisch zu setzen und die, die hinaus gegangen, würden, nachdem sie wieder gekommen, tauschen wollen und so die anderen stören. Seine Erfahrenheit drang durch. Man küßte sich nur viel, küßte sich und wartete.

Plötzlich bekam Rahel einen Erstickungsanfall, und ließ hustend den Zigarrenrauch durch die Nase entweichen. Der Reichsgraf hatte gethan, als wollte er sie umarmen und ihr dabei eine Tabakswolke in den Mund geblasen. Sie ward nicht böse, sprach kein Wort, aber sie blickte ihren Inhaber starr an und in der Tiefe ihres Schwarzen Auges stieg leiser Zorn empor.

Man nahm Platz. Selbst der Major schien sich zu unterhalten. Er ließ Pamela rechts, Blondine links von sich sitzen und meinte, indem er seine Serviette auseinandersetze:

– Das ist 'ne famose Idee von Ihnen, Kelweingstein!

Die Leutnants von Großling und Schönauburg waren höflich wie gegen Damen der Gesellschaft, und setzten dadurch ihre Nachbarinnen ein wenig in Verlegenheit. Aber der Rittmeister ließ sich gehen. Er strahlte über's ganze Gesicht, warf mit zweifelhaften Redensarten um sich und sah mit seiner roten Haarkrone aus, als ob er in Flammen stünde. In rheinisch gefärbtem Französisch schnitt er die Cour und bestürmte die Mädchen unter einem regelrechten Speichelfeuer durch die Lücke seiner beiden zerbrochenen Zähne mit seinen Kneipenkomplimenten.

Aber sie begriffen nichts davon und ihr Verständnis schien erst zu erwachen, als er anfing, unanständige Worte vorzubringen, Zoten, die er durch seine Aussprache verstümmelte. Da fingen sie alle an, wie die Blödsinnigen zu lachen, lehnten sich an ihre Nachbarn an und wiederholten die Ausdrücke, die der Rittmeister dann im Scherze noch mehr verdrehte, damit sie Schweinereien reden sollten. Sie waren angeheitert von der ersten Flasche ab und nun zeigten sie ihre wahre Natur, ließen sich gehen, küßten nach rechts nach links, kniffen in den Arm, schrieen wie besessen, tranken aus allen Gläsern, sangen französische Couplets und abgerissene Stücke deutscher Lieder, die sie durch den täglichen Verkehr mit dem Feinde gelernt hatten.

Bald wurden auch die Männer verrückt durch diese Weiberkörper vor ihren Augen und in ihren Armen. Sie schrieen und zerschlugen Teller und Gläser, während die Soldaten hinter ihnen, sie ohne eine Miene zu verziehen, bedienten.

Nur der Major beherrschte sich.

Fräulein Fifi hatte Rahel auf den Schoß genommen und regte sich unnütz auf, indem er einmal wie verrückt die rabenschwarzen Härchen am Halse küßte, wobei er durch den Spalt zwischen Kleid und Haut die süße Wärme und den Odem ihres Leibes einsog, indem er sie dann wieder von geiler Wut und seinem Radautriebe gepackt, durch den Stoff hindurch wütend kniff, bis sie schrie. Dann wieder hielt er sie umfaßt, sie an sich pressend als sollte sie eins mit ihm sein, drückte lange seinen Mund auf der Jüdin frische Lippen, und küßte sie, daß sie nicht mehr atmen konnte. Plötzlich aber biß er sie so stark, daß ihr ein Blutstrom über das Kinn lief und auf die Taille tropfte.

Wieder sah sie ihn scharf an und zischte:

– Das zahl' ich Dir heim!

Er lachte hart:

– Ich werde zahlen.

Der Nachtisch wurde aufgetragen, und Sekt eingeschenkt. Der Major erhob sich und sagte im selben Tone, als wenn er im Casino ein Hoch ausgebracht hätte:

– Auf das Wohl unserer Damen.

Eine ganze Reihe von Toasten begann, Toaste im Ton besoffener Soldateska, voll gemeiner Witze, die bei der Unkenntnis des Französischen noch roher klangen. Einer erhob sich nach dem anderen, indem er geistreich und komisch zu sein suchte. Die Weiber waren so betrunken, daß sie sich kaum aufrecht halten konnten. – Mit verglasten Augen und schleimigen Lippen klatschten sie jedes Mal wie rasend Beifall.

Der Rittmeister hob, um der Orgie einen galanten Anstrich zu geben, noch einmal sein Glas und rief:

– Auf unsere Siege über die Weiberherzen!

Da richtete sich Premierleutnant von Großling, eine Art Schwarzwaldbär, auf und der Wein stieg ihm so zu Kopf, daß er plötzlich in trunkenem Patriotismus rief:

– Auf unsere Siege über Frankreich!

Die Weiber schwiegen in ihrer Trunkenheit, nur Rahel drehte sich zusammenzuckend um:

– Du hör' mal, ich kenne Franzosen vor denen Du so was nicht sagen würdest.

Der kleine Reichsgras, der sie noch immer auf den Knieen hielt, fing an zu lachen. Der Wein machte ihn fröhlich:

– Oho! Oho! Ich habe noch keinen gesehen! Sobald wir kommen – reißen sie aus!

Das Mädchen warf ihm verzweifelt in's Gesicht:

– Du lügst, Du Lump!

Während einer Sekunde ließ er auf ihr sein kühles Auge ruhen, wie auf den Gemälden, nach denen er mit dem Revolver schoß, dann fing er an zu lachen:

– Na davon wollen wir mal lieber schweigen, Verehrteste! Säßen wir etwa hier, wenn sie tapfer wären?

Und er ward lebhafter.

– Wir sind die Herren. Frankreich gehört uns!

Sie ließ sich mit einem Ruck von seinem Schoß herunter auf den Stuhl. Er stand auf, hob sein Glas über den Tisch und wiederholte:

– Uns gehört Frankreich und die Franzosen, die französischen Wälder, Felder, Häuser, alles!

Die anderen ergriff plötzlich in ihrer Trunkenheit unsinnige militärische Begeisterung. Sie hoben ihre Gläser, mit dem Ruf:

– Es lebe Preußen!

Und leerten sie auf einen Zug. Die Mädchen widersprachen nicht, gezwungen zu schweigen und von Angst gepackt. Selbst Rahel war nicht im Stande zu antworten.

Da setzte der kleine Reichsgraf der Jüdin sein frisch gefülltes Sektglas auf den Kopf und schrie:

– Uns sollen auch alle französischen Frauen gehören!

Sie sprang so schnell auf, daß die Krystallschale kippte, indem sich wie zur Taufe der goldperlende Wein über ihr Haar ergoß, fiel und am Boden zerschellte. Mit bebenden Lippen hielt sie des Offiziers noch immer lächelndem Blicke stand und stammelte mit vor Wut erstickter Stimme:

– Das ... das ... das ist nicht wahr! Hörst Du! Die französischen Frauen kriegt ihr nicht!

Er setzte sich und wollte sich ausschütten vor Lachen:

– Das ist gut, wirklich gut, was suchst Du denn dann hier, Kleine?

Das brachte sie außer Fassung. Sie war so verdutzt, daß sie zuerst gar nicht recht begriff und schwieg. Als sie dann aber verstanden hatte was er gesagt, schrie sie ihm empört in's Gesicht:

– Ich ... ich ... ich bin keine Frau, ich bin eine Hure! Nur so eine paßt für die Preußen!

Kaum hatte sie ausgesprochen, als er ihr mit aller Kraft eine Ohrfeige gab. Aber als er, sinnlos vor Wut die Hand zum zweiten Male hob, ergriff sie vom Tisch ein Dessertmesser mit silberner Klinge und rannte es ihm so schnell, daß man kaum gewahr wurde was vor sich ging, in den Hals, genau in die Höhlung wo die Brust ansetzt.

Das Wort blieb ihm in der Kehle stecken und fürchterlichen Blickes stand sein Mund offen.

Alle schrieen, und sprangen mit Getöse auf. Rahel aber warf ihren Stuhl Premierleutnant von Großling zwischen die Beine, sodaß er der Länge nach hinschlug, lief an's Fenster, riß es auf ehe man ihr folgen konnte und schwang sich in die Nacht hinaus, in den noch immer strömenden Regen.

Nach zwei Minuten war Fräulein Fifi tot. Da griffen Schönauburg und Großling nach den Waffen, um die Weiber, die ihnen zu Füßen lagen niederzumachen. Der Major hatte Mühe Blutvergießen zu hindern. Er ließ die vier bestürzten Mädchen unter Bewachung von zwei Mann in ein Zimmer sperren. Dann befahl er seinen Leuten die Verfolgung der Flüchtigen, indem er sie verteilte wie zum Gefecht. Und er war gewiß sie zu fangen.

Fünfzig Mann wurden mit strengsten Befehlen in den Park entsandt, zweihundert mußten den Wald und alle Häuser im Thal durchsuchen.

Der schnell abgeräumte Tisch, diente nun als Totenbett. Die vier Offiziere blieben starr, entnüchtert, mit ernstem Dienstgesicht an den Fenstern stehen und spähten in die Nacht hinaus.

Immer weiter strömte der Regen. Es plätscherte im Nebel, wie unbestimmtes Murmeln von Wasser das niederströmt, Wasser das fließt, Wasser das abtropft, Wasser das zurückspritzt.

Plötzlich fiel ein Schuß, dann weit entfernt ein zweiter und so vernahm man vier Stunden lang ab und zu weiter oder näher Entladungen, Rufe zum Sammeln, und seltsame Kehllaute als Anruf.

Früh rückte alles wieder ein. Im Eifer des Gefechts und der Aufregung der nächtlichen Verfolgung waren zwei Soldaten getötet und drei andere durch ihre Kameraden verwundet worden.

Rahel hatte man nicht wiedergefunden.

Da wurden die Einwohner bedroht, die Wohnungen um und umgeworfen, die ganze Gegend durchspäht, abgetrieben, umgewälzt. Die Jüdin schien keine Spur auf ihrem Wege hinterlassen zu haben.

Der General, dem Meldung erstattet worden, befahl die Sache niederzuschlagen um der Armee kein schlechtes Beispiel zu geben. Der Major erhielt eine Disziplinarstrafe und der wiederum bestrafte seine Untergebenen. Der General hatte gesagt: »Zum Scherz und um Weibergeschichten führen wir nicht Krieg.« Graf Farlsberg war erbittert und beschloß sich an der Gegend zu rächen.

Da er einen Vorwand brauchte um in seiner Maßregelung nicht behindert zu sein, ließ er den Pfarrer kommen und befahl ihm, beim Begräbnis des Reichsgrafen von Eyrik, die Glocke läuten zu lassen.

Ganz wider Erwarten fügte sich der Pfarrer, war unterwürfig und zu allem bereit. Und als die Leiche des Fräulein Fifi, von Soldaten mit geladenem Gewehr getragen, geführt, umgeben, gefolgt, das Schloß von Uville verließ um zum Kirchhof gebracht zu werden, stimmte die Glocke zum ersten Mal ihr Totengeläute an. Und sie klang beinahe munter, als ob eine freundliche Hand sie gestreichelt.

Abends klang sie wieder und am andern Morgen und alle Tage. So oft es verlangt ward bimmelte sie. Sogar manchmal Nachts setzte sie sich von selbst in Bewegung, und von seltsamer Fröhlichkeit gepackt, wach geworden, man wußte nicht warum, ließ sie zwei oder drei Töne in die Nacht hinausschallen. Da meinten alle Ortseinwohner sie sei verhext und außer dem Pfarrer und dem Meßner wagte sich niemand mehr an den Turm heran.

Ein armes Mädchen nämlich lebte in Angst und Einsamkeit dort oben und wurde heimlich von den beiden Männern mit Essen versorgt.

Bis zum Abmarsch der deutschen Truppen blieb sie dort. Dann brachte sie der Pfarrer selbst mit dem vom Bäcker geborgten Wagen, eines Abends an die Thore von Rouen. Dort umarmte sie der Geistliche. Sie stieg aus und kehrte zu Fuß zu dem öffentlichen Hause zurück, deren Inhaberin sie schon tot geglaubt.

Einige Zeit später nahm sie ein vorurteilsloser Vaterlandsfreund heraus, der sie zuerst wegen ihrer schönen That, dann um ihrer selbst willen, liebgewonnen. Er heiratete sie und sie ward eine Frau, nicht schlechter denn manche andere.

Erwacht

Seit drei Jahren war sie verheiratet und hatte seitdem noch nie das Thal von Ciré verlassen, in dem ihr Mann zwei Spinnereien besaß. Ruhig, kinderlos, glücklich lebte sie dahin in ihrem unter Bäumen versteckten, von den Arbeitern »das Schloß« genannten Hause.

Herr Vassun, der viel älter war als sie, war ein guter Mann. Sie hatte ihn gern und nie war ihr ein böser Gedanke gekommen. Den ganzen Sommer brachte ihre Mutter in Ciré zu, sobald die ersten Blätter von den Bäumen fielen kehrte sie nach Paris zurück, um dort den Winter zu verleben.

Jeanne hustete immer ein wenig, wenn der Herbst kam. Dann stiegen fünf Monate hindurch die Nebel aus dem engen Thal, das ein Fluß durchschlängelte. Erst wogten leichte Dünste über die Wiesen und machten alles einem großen Teiche gleich, aus dem die Dächer der Häuser ragten. Dann schwollen die weißen Wolken flutartig an, umhüllten alles und machten das Thal zum Spuklande, in dem die Menschen wie Schatten umhergeisterten ohne auf zehn Schritt einander zu erkennen. Die dunstumwogten Bäume ragten förmlich beschlagen aus der Nässe.

Wer auf den einschließenden Rücken schritt und das Thal betrachtete,. sah aus den in Höhe der Hügel gelagerten Dünsten, die beiden riesigen Essen der Werke des Herrn Vassun auftauchen, die Tag und Nacht zwei Schlangen schwarzen Rauches zum Himmel spieen.

Das war das einzige Lebenszeichen aus dem Loche, das ausschaute, als sei es mit Watteflocken angefüllt.

Als nun dieses Jahr der Oktober wiederkehrte riet der Arzt der jungen Frau, sie möchte doch den Winter in Paris bei ihrer Mutter verleben, denn die Luft im Thal könnte ihrer Lunge schaden.

Sie ging.

Während der ersten Monate dachte sie fortwährend an ihr Haus, das sie verlassen. Daran hing sie mit allen Fasern der Gewohnheit, seine Einrichtung war ihr vertraut und das stille Dasein dort. Dann gewöhnte sie sich an das neue Leben, fand Geschmack an Festen, Diners, Soiréen und Bällen.

Bis dahin hatte sie sich ihr Mädchenwesen bewahrt, etwas unentschlossenes, schläfriges, einen etwas schleppenden Gang, ein ein wenig müdes Lächeln. Nun wurde sie lebhaft, heiter, vergnügungssüchtig. Man schnitt ihr die Kur. Das Gerede der Herren machte ihr Spaß. Sie spielte mit ihren Huldigungen, im Gefühl ihrer Sicherheit und weil sie nach ihren Eheerfahrungen genug hatte von der Liebe.

Der Gedanke, sich den plumpen Liebkosungen der Herren der Schöpfung hinzugeben, zwang ihr ein mitleidiges Lächeln ab und einen gelinden Schauder. Sie begriff nicht, wie sich Frauen, die an ihren rechtmäßigen Gatten gebunden waren, dazu hergeben konnten sich von einem Fremden eine entehrende Berührung gefallen zu lassen. Ihren Mann hätte sie noch zärtlicher geliebt, wenn sie wie zwei Freunde miteinander gelebt hätten, und sich mit dem keuschen Kuß eines Seelenbundes begnügt.

Aber all diese Artigkeiten machten ihr Spaß, diese Augen, die Wünsche äußerten, die sie gar nicht teilte, diese offenen Anträge, diese Erklärungen in's Ohr, wenn es vom Diner in den Salon zurückging, diese so leise gestammelten Worte, daß man sie beinahe erraten mußte, und die sie doch ganz kalt ließen an Leib und Seele, wenn sie auch heimlich ihrer Coquetterie schmeichelten und in ihrem Herzen ein zufriedenes Feuer entfachten, daß sich ihre Lippen färbten, ihr Auge glänzte, und ihre geschmeichelte Weibesseele leise zusammenschauerte.

Sie liebte diese Zwiegespräche abends am Feuer im dunkelnden Salon, wo die Männer bitten, stammeln, zittern, niederfallen auf's Knie. Ihr war es eine neue ungeahnte Freude, diese Leidenschaft zu sehen, die sie nicht berührte, »nein« zu sagen durch Wink und Wort, die Hand zurückzuziehen, aufzustehen, kaltlächelnd nach der Lampe zu klingeln und mit anzusehen, wie der, der ihr zu Füßen gelegen, sich bestürzt und wütend erhob, wenn er den Diener kommen hörte.

Sie hatte ein trockenes Lachen, das die heißen Beteuerungen erstarren ließ, harte Worte, die wie ein Guß kalten Wassers auf die glühenden Versicherungen fielen, und einen Ton der den hätte in den Tod treiben müssen, der sie bis zur Raserei liebte.

Zwei junge Männer vor allem verfolgten sie hartnäckig. Beide ganz voneinander verschieden. Der eine, Herr Paul Péronel, war ein großer eleganter Mensch, galant und verwegen, ein Glückspinsel, der zu warten verstand um den rechten Augenblick zu fassen.

Herr d'Avancelle, der andere zitterte, wenn er sich ihr nahte, wagte kaum seine Zuneigung zu zeigen, folgte ihr aber wie ihr Schatten, indem er durch verliebte Blicke und durch seine fortwährende Gegenwart seine stillen Wünsche verriet.

Den ersten nannte sie »Kapitän Fracassa!« den anderen »das treue Schaf«. Und das treue Schaf machte sie zu einer Art von Sklaven, der ihr folgte auf Schritt und Tritt und den sie sozusagen als Diener benutzte.

Hätte ihr einer gesagt, sie liebte ihn, so würde sie laut aufgelacht haben.

Und doch liebte sie ihn auf eigene Art. Da sie ihn fortwährend um sich sah, hatte sie sich an seine Stimme, an seine Bewegungen, an sein ganzes Wesen gewöhnt, wie man sich eben an die Menschen gewöhnt, mit denen man zusammenlebt.

Oft träumte sie von ihm, so wie er im Leben war, milde, zart, ihr ganz ergeben. Und beim Erwachen fühlte sie sich noch ganz im Traum, glaubte noch seine Stimme zu hören und ihn bei sich zu fühlen. So saß sie einmal (vielleicht lag sie im Fieber) mit ihm allein unter Bäumen im Grase.

Er sagte ihr Schmeicheleien, hielt ihre Hände und küßte sie. – Sie fühlte die Wärme seiner Hand und den Hauch seines Mundes, und strich ihm, als müßte es so sein, das Haar.

Und wie man im Traume ein anderer ist, als in der Wirklichkeit, so war sie zärtlich gegen ihn, in stiller, tiefer Neigung, glücklich seine Stirne zu berühren und ihn an sich zu ziehen. Allmählich umarmte er sie, küßte ihr Wangen und Augen. Sie wehrte sich nicht. Ihre Lippen begegneten sich. Sie ward sein.

Und eine Sekunde überströmte sie – wie die Wirklichkeit es nicht kennt – ein übermenschliches Glück, ideal und sinnlich, zum wahnsinnig werden, daß sie es nie vergaß.

Zitternd, rasend wachte sie auf und fühlte sich so von ihm gefangen und in Banden geschlagen, daß sie nicht wieder einschlafen konnte.

Als sie ihn wieder sah, der keine Ahnung hatte von dem was er angerichtet, fühlte sie die Röte in ihre Wangen steigen. Und während er ihr schüchtern von seiner Liebe erzählte, dachte sie unausgesetzt, ohne den Gedanken los werden zu können, an ihren seligen Traum.

Sie liebte ihn, liebte ihn mit seltsamer Neigung, raffiniert und wollüstig immer an ihren Traum denkend, obwohl sie Angst hatte vor der Erfüllung der Sehnsucht ihrer Seele.

Endlich merkte er es. Sie gestand ihm alles, sogar die Furcht, die sie vor seiner Liebe empfand, und ließ ihn schwören sie zu schonen.

Er schonte sie. Lange Stunden überschwenglicher Liebe lebten sie miteinander, wo nur die Seelen sich umschlangen. Entnervt, kraftlos, wie im Fieber trennten sie sich dann.

Mitunter fanden sich ihre Lippen und mit geschlossenen Augen genossen sie diese lange, dennoch keusche Umarmung.

Sie wußte, daß sie nicht mehr lange fest bleiben würde, und da sie nicht fallen wollte, schrieb sie ihrem Mann, sie möchte zu ihm zurückkehren um ihr stilles. einsames Leben wieder aufzunehmen.

Er schrieb ihr einen trefflichen Brief, in dem er ihr widerriet mitten im Winter zurückzukehren, und sich dieser jähen Lustveränderung, den eisigen Thalnebeln auszusetzen.

Sie war empört und niedergeschmettert über diesen vertrauensseligen Mann, der die Kämpfe ihres Herzens nicht ahnte und nicht begriff.

Der Februar war mild und freundlich, und wenn sie es auch vermied, lange mit dem »treuen Schaf« allein zu bleiben, so nahm sie doch ab und zu seinen Vorschlag an, in der Dämmerung mit ihm eine Wagenfahrt um den See zu machen.

Den Abend schien es, als ob alle Säfte sich in den Bäumen zu neuem Leben regen müßten, so lau war die Luft. Das kleine Coupé fuhr Schritt. Die Nacht sank herab. Eng aneinander geschmiegt saßen sie Hand in Hand, und sie sagte sich: »Nun ist's aus, ganz aus, nun bin ich verloren.« Denn sie fühlte Wünsche in sich aufsteigen, und jenen zwingenden Liebesdurst, ganz wie in ihrem Traum. Immer wieder fanden sich ihre Lippen, hingen aneinander, ließen sich los, um sich wieder zu begegnen.

Er wagte es nicht sie in ihre Wohnung hinaufzubegleiten und nahm an der Thür Abschied von ihr, die schwach geworden war und ganz verwirrt.

Oben im Dunkel des kleinen Salons erwartete sie Paul Péronel.

Als er ihre Hand berührte, fühlte er, wie sie im Fieber glühte. Da begann er zart und schmeichelnd mit halblauter Stimme zu ihr zu sprechen und lullte ihre sich verzehrende Seele ein durch süße Liebesworte. Sie hörte ihn an und antwortete nicht. Sie dachte an den anderen, glaubte ihn zu hören, meinte wie im Traum ihn an ihrer Seite zu fühlen. Nur ihn sah sie, für sie gab es keinen andern Mann mehr auf der Welt. Und wenn sie zusammenzuckte bei den drei Worten: »Ich liebe dich«, war es ihr, als ob sie der andere sagte, er ihre Hand küßte, sie an sich preßte, wie eben noch im Wagen, als ob er die berückenden Liebesworte spräche, sie ihn umfaßte, an sich drückte, zu sich zog mit aller Kraft der Seele, mit aller verzweifelten Glut ihres Leibes.

Als sie aus ihrem Rausch erwachte, stieß sie einen furchtbaren Schrei aus.

Der »Kapitän Fracassa« kniete neben ihr und dankte ihr glühend, während er ihr aufgelöstes Haar mit Küssen bedeckte. Sie rief:

– Hinaus! Hinaus! Hinaus!

Und da er nicht begriff was geschah und sie noch einmal zu umarmen suchte, entwand sie sich ihm und stammelte:

– Sie sind ehrlos! Ich hasse Sie! Sie haben mich gestohlen! Hinaus!

Bestürzt erhob er sich, nahm seinen Hut und ging.

Am andern Tage kehrte sie in das Thal von Ciré zurück. Ihr Mann war überrascht und machte ihr Vorwürfe über diesen unüberlegten Streich.»Ich konnte fern von dir nicht mehr leben!« sagte sie.

Er fand ihr Wesen verändert, fand sie trauriger als früher, und als er sie fragte:

– Was hast du denn? Du scheinst unglücklich zu sein! Hast du irgend einen Wunsch? – antwortete sie:

– Nichts. Nur die Träume sind schön im Leben.

Das »treue Schaf« besuchte sie im folgenden Sommer.

Sie begrüßte ihn ohne Verlegenheit und ohne Bedauern, denn sie begriff plötzlich, daß sie ihn nur im Rausch geliebt, aus dem sie Paul Péronel jäh gerissen.

Aber der junge Mann, der Sie noch immer anbetete, wandte sich ab und dachte:

– Die Frauen sind wirklich wunderlich, unbegreiflich und sonderbar!

Weihnachtsfeier

Das Jahr ist mir entfallen. Seit einem ganzen Monat schon jagte ich mit wahrer Wut, mit wilder Freude, mit jener Begeisterung, die man für eine neue Leidenschaft hat.

Ich war in der Normandie auf dem Schlosse eines unverheirateten Verwandten, Julius de Banneville, zu Besuch. Wir befanden uns dort ganz allein mit einem Diener, einem Mädchen, und dem Jäger. Das Schloß war ein alter, grauer, von seufzenden Tannen umstandener Kasten, inmitten von langen winddurchtosten Alleen gelegen und seit Jahrhunderten, wie es schien, verlassen. Alte Möbel standen in den immer verschlossenen Räumen, in denen einst die Ahnen, deren Bilder in dem gleich den Alleen winddurchtosten Vorsaal hingen, ihre hochadligen Nachbarn mit aller Förmlichkeit empfangen.

Wir aber hatten uns einfach in die Küche geflüchtet. Diese riesige Küche, deren dunkle Winkel erst hell wurden, wenn man ein neues Scheit Holz in den großen Kamin warf, war der einzig bewohnbare Raum des Herrensitzes. Jeden Abend saßen wir in süßem Halbschlummer am Feuer, unsere nassen Stiefel zu trocknen. Die Hühnerhunde, zu unsern Füßen träumten von der Jagd und bellten im Schlaf. Endlich gingen wir in unser Zimmer hinauf.

Es war der einzige Raum, der überall, der Mäuse wegen frisch getäfelt worden. Aber er war kahl geblieben, bis auf ein paar Gewehre, Hundepeitschen und Jagdhörner an den Wänden. Vor Kälte zitternd glitten wir in unsere Betten, die in den Ecken dieses sibirischen Aufenthaltes standen.

Eine Meile vor der Front des Schlosses stürzte das Felsenufer ins Meer und der gewaltige Windhauch vom Ozean her blies Tag und Nacht. Dann seufzten die großen sturmgebeugten Bäume, dann weinten Dach und Wetterfahne, dann stöhnte das ganze ehrwürdige Gebäude, in das der Wind schnob durch die klaffenden Ziegel, die abgrundtiefen Kamine, die Fenster, die nicht mehr schlossen.

Es hatte fürchterlich gefroren. Der Abend war eingebrochen. Wir nahmen Platz am Tisch vor dem großen Feuer im mächtigen Kamin, in dem ein Hase und zwei köstlich duftende Rebhühner am Spieße brieten.

Mein Vetter blickte auf und sprach:

– Zum Zubettgehen wird's aber kalt heute.

Gleichzeitig gab ich zurück:

– Na, aber dafür giebt's morgen Enten aus den Teichen!

Die Dienerin, die an einem Ende des Tisches für uns, am anderen Ende für die Dienstboten deckte, fragte:

– Wissen denn die Herren, daß 's heute Weihnachten ist?

Das wußten wir freilich nicht, denn wir sahen kaum in den Kalender. Mein Gefährte meinte:

– Ach dann ist heute um Mitternacht die Weihnachtsmesse. Deshalb haben sie also schon den ganzen Tag geläutet.

Die Dienerin antwortete:

– Ja und nein, gnädiger Herr. Sie haben auch geläutet, weil Vater Fournel gestorben ist.

Vater Fournel, der frühere Hirt, galt als Wunder der Gegend. Er war 96 Jahre alt und nie in seinem Leben krank gewesen, bis er vor vier Wochen in einer dunklen Nacht in einen Tümpel gefallen. Dabei hatte er sich erkältet, mußte sich den nächsten Tag zu Bett legen und rang seitdem mit dem Tode.

Mein Vetter wandte sich zu mir:

– Wenn dir's recht ist, wollen wir doch nachher mal die armen Leute besuchen!

Er wollte von der Familie erzählen, vom Alten, seinem Enkel, der achtundfünfzig Jahre alt war, und von dessen ein Jahr jüngeren Frau. Die dazwischen liegende Generation gab es längst nicht mehr. Sie bewohnten eine elende Hütte rechts am Eingang des Dorfes.

Aber ich weiß nicht, warum uns der Gedanke, zu Weihnachten hier mitten in dieser Einsamkeit zu sein, in's Schwatzen brachte. Wir saßen einander gegenüber und erzählten uns alte Geschichten und Abenteuer aus der tolllustigen Weihnachtsnacht, von verflossenem Glück und Erwachen zu zweien am anderen Morgen.

So währte unser Essen lange, und wir rauchten noch manche Pfeife aus. Unsere einsame Fröhlichkeit nahm uns ganz gefangen, wie eben zwischen zwei intimen Freunden das Gespräch nicht abreißt und man einander aus tiefstem Innern Geständnisse macht, die einem nur in solchen Stunden entschlüpfen, wenn sich die Herzen öffnen.

Die Dienerin war längst verschwunden. Nun erschien sie wieder:

– Ich gehe zur Messe, gnädiger Herr.

– Schon?

– Es ist viertel zwölf.

– Was meinst du, wenn wir auch bis an die Kirche gingen? Die Weihnachtsmesse hier auf dem Lande ist ganz interessant! – meinte Julius.

Ich war dabei und wir gingen, in unsere Jagdpelze gehüllt, davon.

Bittere Kälte schnitt uns ins Gesicht und ließ die Augen übergehen. Die scharfe Luft legte sich auf die Lungen und trocknete die Kehlen aus. Der tiefe, klare, harte Himmel war mit Sternen besäet, die förmlich erblichen durch den Frost. Sie flackerten nicht feuerartig, sondern gleich Eisgestirnen, gleich glitzernden Kristallen. In der Ferne klapperten aus dem erzharten, trockenen, wiederhallenden Boden die Holzschuhe der Bauern, und in allen Weiten klangen die Glöckchen der Dörfer und gellen ihre grellen frostigen Klänge in die Winternacht hinaus.

Das Land schlief nicht. Hähne waren durch den Lärm in der Stunde irre geworden und krähten. In den Ställen hörte man das unruhig gewordene Vieh.

Als wir uns dem Dorfe näherten, dachte Julius wieder an die Familie Fournel und sagte:

– Da ist ihre Hütte. Wir wollen hinein!

Er klopfte lange vergeblich. Da gewahrte uns eine Nachbarin, die ihr Haus verließ, um in die Kirche zu gehen, und rief:

– Sie sind zur Messe, die Herren! Sie wollen für den Alten beten!

– Wir werden sie besuchen, wenn sie wiederkommen! – sagte mein Vetter.

Der abnehmende Mond zeigte tief am Horizont seine Sichel inmitten der mit vollen Händen in den Weltenraum gestreuten unendlichen Sternensaat. Und von allen Seiten kamen über die dunkle Landschaft auf den immer läutenden Kirchturm zu kleine schwankende Lichter. Zwischen den baumbepflanzten Bauernhöfen, über das schwarze Feld glitten sie am Boden hin. Es waren die Hornlaternen, die die Bauern trugen. Hinter den Männern schritten ihre Frauen in weißen Hauben und langen schwarzen Mänteln, von verschlafenen Kindern gefolgt, die sich wegen der Nacht bei den Händen hielten.

Durch die offene Kirchenthür erblickte man den erleuchteten Chor. Ein Kranz von Pfenniglichtern lief um das armselige Schiff, und links in einer Kapelle zeigte auf wirklichem Stroh, von Tannenzweigen umstellt, ein Christuskind in gezierter Haltung seine rosigen Glieder.

Der Gottesdienst begann. Die Bauern neigten den Kopf, die Frauen knieten nieder und beteten. Die einfachen Leute, die in der Kälte der Nacht aufgestanden, blickten ergriffen das grob gemalte Bildnis an, und falteten in einfältigem Glauben und ergriffen von dem bescheidenen Glanz der kindlichen Darstellung, die Hände.

Ein eisiger Luftzug ließ die Lichter flackern. Julius sprach zu mir:

– Wir wollen hinausgehen. Draußen is's angenehmer.

Und wir fingen auf der einsamen Straße, während drinnen die betenden Landleute in Ehrfurcht froren, wieder an, unsere Erinnerungen auszutauschen, bis die Messe zu Ende war, und wir zum Dorfe zurückkehrten.

Unter der Thür der Fournel fiel ein Lichtschein hindurch.

– Sie wachen bei ihrem Toten, meinte mein Vetter. Komm wir wollen nun endlich hinein. Das wird die armen Leute freuen.

Im Kamine erstarben letzte Gluten. Der Raum, dessen wurmstichige Balken die Zeit gebräunt, starrte vor Schmutz und ein erstickender Geruch von gebratener Wurst durchzog ihn. Mitten auf dem großen, langen, dickbäuchigen Mehlkasten, der ihnen als Tisch diente, sandte ein Talglicht in schmiedeeisernem Leuchter seine blakende, stinkende Flamme zur Decke. – Und die beiden Fournel, Mann und Frau, feierten einander gegenüber ihren Weihnachtsabend.

Sie aßen traurig und würdevoll, mit ernstem, stumpfsinnigen Bauerngesicht, ohne ein Wort zu reden. Aus einer mächtigen Schüssel zwischen ihnen duftete, die Luft verpestend, ein großes Stück Wurst. Ab und zu rissen sie mit der Messerspitze ein Stück ab, strichen es auf ihr Brot, schnitten es in Stücke und kauten bedächtig.

War das Glas des Mannes leer, so füllte es die Frau wieder mit Apfelwein aus dem Kruge.

Als wir eintraten standen sie auf, boten uns Platz an, forderten uns auf zuzulangen, und aßen auf unsere Ablehnung ruhig weiter.

Nach ein paar Minuten Stillschweigen sagte mein Vetter:

– Na, Anthime, der Großvater ist gestorben?

– Ja, gnädiger Herr, er is alsbald hingeträten.

Wieder schwiegen wir. Die Frau schneuzte aus Artigkeit gegen uns das Licht. Da fügte ich hinzu, um etwas zu sagen:

– Er war sehr alt.

Die siebenundfünfzigjährige Enkelin antwortete:

– Ach, seine Zeit war Sie um. Er hatte hier nischt mehr zu schaffen.

Da kam mir plötzlich der Wunsch einmal die Überreste des beinahe Hundertjährigen zu sehen, und ich bat, ihn mir zu zeigen.

Die beiden bis dahin so stillen Bauern wurden erregt. Besorgt blickten sie sich an und antworteten nicht.

Da mein Vetter ihre Verlegenheit sah, so beharrte er darauf, und der Mann fragte mit argwöhnischem und tückischem Ausdruck:

– Zu was denne?

– Zu nichts weiter, sagte Julius – aber das ist doch immer so! Weshalb wollen Sie 'n denn nicht zeigen?

Der Bauer zuckte die Achseln:

– Mir is 's eegal, nur bei nachtschlafener Zeit is 's nich bequem.

Wir hatten tausenderlei Verdacht. Da sich die Enkelkinder des Toten aber gar nicht rührten, mit gesenkten Augen einander gegenüber sitzen blieben, mit jener eisernen Stirn von unzufriedenen Leuten, die zu sagen scheinen:»Drücken Sie sich!« so rief mein Vetter energisch:

– Vorwärts Anthime, stehen Sie auf und führen Sie uns in sein Zimmer.

Aber der Mann, der nun mal seinen Willen hatte, antwortete verdrossen:

– Das hat gar keenen Zweck, dort is er doch nich mehr.

– Wo denn sonst?

Die Frau schnitt ihrem Manne das Wort ab:

– Ich wär Sie's sagen! Mir hab'n bis morgen immer in 'n Mehlkasten gelegt, denn mir haben keenen Platz.

Dabei nahm sie den Wurstteller fort, klappte den Deckel im Tisch auf und beugte sich mit dem Licht in die große gähnende Öffnung hinab um zu leuchten. Und am Boden entdeckten wir etwas Graues, eine Art von langem Paket, aus dem auf der einen Seite ein magerer Kopf mit weißen zerzausten Haaren guckte, auf der anderen Seite ein Paar bloße Füße.

Es war der Alte, ganz vertrocknet, mit geschlossenen Augen, in seinen Hirtenmantel gewickelt der dort seinen letzten Schlaf schlief unter alten schwarzen Brotkrusten, hundertjährig wie er.

Auf ihm hatten die Enkel den Weihnachtsabend gefeiert.

Julius war empört und rief zitternd vor Wut:

– Warum habt Ihr 'n nicht in seinem Bett gelassen, Ihr Bauern!

Da fing die Frau an zu jammern und rief schnell:

– Mei lieber Herre, das will ich Sie sagen. Mir haben nur ee Bett im Hause. Früher haben mir mit ihm drin geschlafen, weil mir doch bloß dreie sein. Seit er so krank ist haben mir auf der Erde geschlafen. Das ist beese mei guter Herre bei die schweren Zeiten. Na wie er nu greepiert is, da haben mir gemeent: da dem kee Haar mehr weh thut, hat er doch ooch nischt mehr von 'n Bett. Da können mir 'n ganz scheen bis uf den morgigen Tag in 'n Mehlkasten legen, sintemalen mir doch nicht mit dem Toten zusammenschlafen kennen, meine guten Herren ...

Mein Vetter lief ganz außer sich hinaus, indem er die Thür zuschmiß, während ich ihm folgte und mir vor Lachen die Thränen nur so über die Backen liefen.

Eine List

Der alte Arzt und die junge Kranke schwatzten am Feuer. Besonders leidend war sie nicht. Sie litt nur an jenen weiblichen Verstimmungen, die oft hübschen Frauen eigen sind: ein wenig Blutarmut, Nerven, etwas von jener Müdigkeit Jungvermählter, die sich aus Liebe geheiratet haben.

Sie lag auf dem Sopha ausgestreckt und meinte:

– Nein, Doktor, daß eine Frau ihren Mann betrügt, werde ich nie begreifen. Ich will sogar annehmen, daß sie ihn nicht liebt, daß sie ihre Versprechungen, ihren Eid nicht achtet! Aber wie kann sie es wagen sich einem anderen Manne hinzugeben? Wie soll sie das einem fremden Auge verbergen?

Wie kann sie lieben bei Lüge und Verrat?

Der Arzt lächelte:

– Was das betrifft, so will das nicht viel sagen. Ich versichere Sie, daß man an all diese Spitzfindigkeiten gar nicht denkt, wenn einen mal die Lust überkommt, einen Fehltritt zu thun. Ich glaube sogar bestimmt, daß eine Frau erst dann reif ist für die wahre Liebe, wenn sie allen Ekel und alle Gemeinsamkeiten der Ehe durchgemacht hat, die, wie ein berühmter Mann einmal gesagt hat nur ein Austausch sind schlechter Laune während des Tages und schlechten Geruchs während der Nacht. Das ist ganz richtig. Eine Frau kann leidenschaftlich nur lieben, wenn sie verheiratet gewesen ist. Wenn ich sie einem Hause vergleichen darf, so würde ich sagen: erst bewohnbar, nachdem der Gatte den Trockenwohner gespielt hat.

Was nun endlich die Verstellung anlangt, so glaube ich – alle Frauen haben davon das nötige Quantum, wenn's darauf ankommt. Die Einfältigsten sind bewundernswert und wissen sich in den schwierigsten Fällen ganz genial zu helfen.

Aber die junge Frau schien zu zweifeln:

– Nein, Doktor, was man im Augenblicke der Gefahr hätte thun sollen, das weiß man erst hinterher. Und die Frauen verlieren gewiß noch leichter den Kopf als die Männer.

Der Arzt hob abwehrend die Hände:

– Hinterher, sagen Sie? Bei uns, bei uns kommt die Weisheit erst hinterdrein, aber Sie ...

Wissen Sie was, ich werde Ihnen eine kleine Geschichte erzählen, die einer meiner Patientinnen passiert ist, von der ich geglaubt hätte, sie könnte kein Wässerchen trüben, wie man zu sagen pflegt.

Es geschah in einer Provinzialstadt.

Als ich eines Abends fest schlief, so in jenem ersten Schlummer, aus dem man kaum geweckt werden kann, war mir's im Traum, als ob die Glocken in der Stadt Sturm läuteten.

Ich wachte plötzlich auf: an meiner Nachtglocke wurde verzweifelt gerissen. Da mein Diener nicht wach zu werden schien, klingelte ich ihm. Bald gingen Thüren, und Schritte schreckten das schlafende Haus aus dem Schlummer. Dann erschien Johann mit einem Brief des Inhalts:»Frau Lelièvre bittet Herrn Dr. Siméon dringend, sofort bei ihr vorsprechen zu wollen.«

Ich überlegte ein paar Augenblicke und dachte: kaputte Nerven, krankhafte Laune und so weiter. Ach was, ich bin zu müde. So antworte ich denn:»Dr. Siméon bittet Frau Lelièvre, da er selbst nicht wohl ist, freundlichst, seinen Kollegen, Herrn Bonnet, bemühen zu wollen.«

Dann steckte ich die Karte in einen Umschlag, gab sie zurück und schlief wieder ein.

Etwa eine halbe Stunde später klang die Nachtglocke wieder und Johann meldete:

– Irgend jemand, ich kann nicht erkennen, ob's ein Mann ist oder eine Frau, möchte Herrn Doktor schnell sprechen. Er meint, es handelt sich um's Leben zweier Menschen.

Ich richtete mich auf:

– Er soll eintreten!

Aufrecht im Bett sitzend wartete ich.

So eine Art schwarzes Gespenst tauchte auf und enthüllte sich sobald Johann das Zimmer verlassen hatte. Es war Frau Betha Lelièvre, eine ganz junge Frau, die erst seit drei Jahren mit einem dicken Kaufmann verheiratet war, der, wie man meinte, in ihr das hübscheste Mädchen der Provinz erwischt hatte.

Sie war totenbleich. Mit verstörtem Ausdruck und zitternden Händen versuchte sie zwei Mal zu sprechen, ohne einen Laut hervorzubringen. Endlich stotterte sie:

– Herr Doktor ... schnell, schnell ... kommen Sie ... mein ... mein Liebhaber ist in meinem Zimmer gestorben ...

Sie hielt inne, bis sie mit erstickter Stimme fortfuhr:

– Mein Mann ... kommt bald aus dem Club zurück ...

Ich sprang aus dem Bett ohne daran zu denken, daß ich im Hemd war, und zog mich in ein paar Sekunden an. Dann fragte ich:

– Waren Sie vorhin selbst da?

Sie blieb in ihrer fürchterlichen Angst starr stehen wie eine Bildsäule und murmelte:

– Nein ... es war mein Mädchen ... sie weiß ...

Dann nach einer Pause:

– Ich war ... bei ihm geblieben ...

Und sie stieß einen halbunterdrückten Schmerzensschrei aus, rang nach Luft, röchelte, weinte, weinte wie rasend, mit lautem, krampfartigem Schluchzen, während ein oder zwei Minuten. Dann blieben ihre Thränen plötzlich aus und versiegten als seien sie ausgezehrt von innerem Feuer. Furchtbare Ruhe überkam sie und sie sprach:

– Schnell. Wir wollen gehen.

Ich war fertig, doch ich rief:

– Sakrament, ich habe meinen Wagen nicht anspannen lassen!

Sie antwortete:

– Ich habe einen. Seiner, der auf ihn wartete.

Sie mummte sich ein bis zu den Augen. Wir gingen.

Als wir nebeneinander im Dunkel des Wagens saßen, ergriff sie plötzlich meine Hand, preßte sie in ihren schmalen Fingern und stammelte mit bebender Stimme:

– Ach, wenn Sie ahnten, was ich leide! Ich liebte ihn ja, liebte ihn rasend, wie wahnsinnig, seit einem halben Jahre!

Ich fragte:

– Sind Ihre Leute auf?

Sie antwortete:

– Nein, nur Rosa, die alles weiß.

Wir hielten vor der Thür. Sie hatte recht: das ganze Hans schlief. Lautlos traten wir ein und stiegen auf den Fußspitzen die Treppe hinauf. Das Mädchen saß ganz verstört mit einem brennenden Licht auf der Treppe. Sie fürchtete sich bei dem Toten zu bleiben.

Und ich trat in's Zimmer. Es war um und um gewühlt, als habe ein Kampf stattgefunden. Das zerknitterte, in Unordnung gebrachte Bett war aufgedeckt geblieben, als erwartete es jemand. Das Bettuch hing auf den Teppich herab. Nasse Handtücher, mit denen man die Schläfen des jungen Mannes betupft, lagen neben einem Waschbecken und einem Glase am Boden. Und ein eigentümlicher Geruch von Essig und Eau de Lubin schlug einem beim Eintreten betäubend entgegen.

Mitten im Zimmer lag die Leiche der Länge nach auf dem Rücken ausgestreckt.

Ich trat heran. Ich betrachtete sie, betastete sie, öffnete die Augen, fühlte die Hände an. Dann wandte ich mich zu den beiden Frauen, die wie vor Kälte bebten und sagte:

– Helfen Sie mir ihn auf's Bett tragen.

Und er ward vorsichtig hingelegt. Da behorchte ich das Herz und hielt ihm einen Spiegel vor den Mund.

Dann murmelte ich:

– Es ist aus! Wir wollen ihn schnell ankleiden.

Das war greulich!

Jedes Glied packte ich einzeln wie bei einer riesigen Puppe und steckte es in die Kleidungsstücke, die die Frauen brachten. Wir zogen ihm Strümpfe, Unterzeug, Beinkleider und Weste an. Endlich den Rock, in den wir die Arme mit äußerster Mühe zwängten.

Die beiden knieten nieder, um die Stiefel zuzuknöpfen, während ich ihnen leuchtete. Da nun die Füße ein wenig geschwollen waren, so gelang das nur schwer. Sie hatten den Stiefelknöpfer nicht finden können und nahmen ihre Haarnadeln dazu.

Sobald die gräßliche Toilette beendet war, sah ich noch einmal alles nach und sagte:

– Die Haare müssen in Ordnung gebracht werden!

Das Mädchen holte Kamm und Bürste ihrer Herrin. Da sie aber zitterte und, ohne es zu wollen, die langen, verwirrten Haare ausriß, nahm ihr Frau Lelièvre den Kamm weg und brachte sanft das Haar in Ordnung, als streichelte sie ihn. Sie zog ihm den Scheitel, bürstete den Bart, dann drehte sie ihm die Schnurrbartspitzen wie sie es wohl in Kosestunden einst gethan.

Plötzlich ließ sie ihn los, nahm den starren Kopf ihres Lieblings zwischen die Hände und blickte lange verzweifelt dies Totenantlitz an, das ihr nicht mehr lächeln konnte Dann warf sie sich über ihn, nahm ihn in die Arme und küßte ihn leidenschaftlich. Ihre Küsse regneten auf seinen geschlossenen Mund, die erloschenen Augen, die Schläfen, die Stirn. Dann näherte sie sich seinem Ohr, als hörte er sie noch, als wollte sie ihm zum Abschied Worte der Liebe sagen und wiederholte ein Dutzend Mal mit herzzerreißender Stimme: »Adieu, mein Schatz!«

Aber die Uhr schlug Mitternacht.

Ich fuhr auf:

– Donnerwetter zwölf! Da wird der Club geschlossen. Nun vorwärts gnädige Frau, jetzt Mut!

Sie richtete sich auf. Ich befahl:

– Wir wollen ihn in den Salon tragen.

Wir hoben ihn alle drei. Drüben setzte ich ihn auf's Sofa. Dann steckte ich den Kronleuchter an.

Das Hausthor unten ging auf und fiel schwer zu. Er war es schon. Ich rief:

– Rosa, schnell, bringen Sie mir die Handtücher und das Waschbecken. Dann machen Sie das Zimmer. Fix, fix, zum Donner nochmal. Herr Lelièvre kommt nach Haus.

Ich hörte seine Schritte, wie er heraufkam, immer näher. In der Dunkelheit tastete er sich an der Wand hin. Da rief ich:

– Hierher Verehrtester. Ein Unglück ist passiert.

Und ganz bestürzt erschien, eine Cigarre im Mund, der Gemahl auf der Schwelle. Er fragte:

– Was? Was giebts denn? Was ist denn los?

Ich ging ihm entgegen:

– Lieber Freund, wir befinden uns in scheußlicher Verlegenheit. Ihr Freund, der mich in seinem Wagen hergefahren, und ich hatten uns hier mit Ihrer Gattin verschwatzt. Da klappt er plötzlich zusammen und ist schon seit zwei Stunden trotz aller Bemühungen ohne Besinnung. Einen Fremden wollte ich nicht dazurufen. Helfen Sie mir doch ihn hinunterschaffen. Ich kann ihn in seiner Wohnung besser auf den Damm bringen.

Der Gemahl legte erstaunt, doch ahnungslos, den Hut bei Seite. Dann packte er seinen, nun ungefährlichen, Nebenbuhler unter die Arme. Ich spannte mich zwischen die Beine wie 'n Gaul in der Gabeldeichsel. So gingen wir die Treppe hinab, während die Frau leuchtete.

Als wir vorm Thore standen, richtete ich den Körper auf und redete ihm zu, um den Kutscher hinter's Licht zu führen:

– Ach was, lieber Freund, es wird weiter nichts sein. Nicht wahr, Ihnen ist schon wohler? Nur Mut, nur Mut! Rappeln Sie sich mal zusammen. Es ist ja gleich gut.

Da ich fühlte, daß er meinen Händen entglitt und zu fallen drohte, gab ich ihm einen tüchtigen Rippenstoß, daß er vornüberkippte und in den Wagen schnellte. Dann stieg ich ihm nach.

Der Gemahl fragte mich besorgt:

– Glauben Sie, daß es ernst ist?

Ich antwortete lächelnd:

– Nein!, und blickte seine Frau an. Sie hatte sich in den Arm ihres rechtmäßigen Gatten gehängt und starrte in das Dunkel des Wagens. Ich drückte ihnen die Hand und befahl fortzufahren. Während des ganzen Weges fiel mir der Tote auf die rechte Schulter.

Als wir bei ihm angekommen waren, sagte ich, er sei unterwegs ohnmächtig geworden. Ich half ihn in sein Zimmer schaffen. Dann stellte ich seinen Tod fest. Vor seiner erschrockenen Familie mußte ich eine neue Komödie spielen. Endlich konnte ich mich wieder in mein Bett legen, aber ich fluche allen Liebespaaren!

Der Arzt schwieg lächelnd.

Die junge Frau fragte starr vor Entsetzen:

– Wozu haben Sie mir nur diese fürchterliche Geschichte erzählt?

Er verneigte sich artig:

– Um Ihnen im Bedarfsfall meine Dienste anzubieten.

Der Spazierritt

Kümmerlich lebten die armen Leute vom Gehalt des Mannes. Seitdem sie geheiratet, waren zwei Kinder geboren, durch die die anfängliche Knappheit zur verschämten Armut geworden, wie sie beim herabgekommenen Adel herrscht, der dennoch seinen Rang behaupten will.

Hector de Gribelin war in der Provinz, auf dem väterlichen Besitz, durch einen alten Abbé erzogen worden. Reichtum gab es nicht, aber man schlug sich so durch und wahrte den Schein.

Als er zwanzig Jahr geworden, suchte man eine Stelle für ihn und er trat mit fünfzehnhundert Franken Jahresgehalt als Beamter in's Marineministerium. An dieser Klippe scheiterte er, wie alle die nicht bei Zeiten auf den Kampf um's Dasein gerüstet sind. Wie alle, die das Leben durch eine Wolke sehen, die Mittel und Wege zum Widerstand nicht kennen, bei denen nicht von Jugend auf besondere Eignung, besondere Fähigkeiten, eine rauhe Kraft zum Kampfe entwickelt ward, wie alle, denen man nicht Waffe oder Werkzeug in die Hand gedrückt.

Seine drei ersten Bureaujahre waren furchtbar.

Er hatte einige Freunde seiner Familie gefunden. Es waren alte und altväterische Leute, gleichfalls wenig bemittelt, die in den vornehmen, traurigen Straßen des Faubourg Saint-Germain wohnten. Und er hatte sich einen Bekanntenkreis gebildet.

Dem modernen Leben fremd geworden, einfach und stolz, bewohnten diese dürftigen Aristokraten die hohen Stockwerke verschlafener Häuser. Adel wohnte dort von oben bis unten, aber das Geld schien selten zu sein, im ersten wie im sechsten Stock.

Ewige Vorurteile, Rangerwägungen, die Sorge sich über Wasser zu halten, beschäftigte diese einst glänzenden Familien, die durch die Unthätigkeit der Männer heruntergekommen waren. Hector de Gribelin lernte in diesen Kreisen ein junges Mädchen kennen, adlig und arm wie er. Die heiratete er.

In vier Jahren hatten sie zwei Kinder.

Noch vier Jahre hindurch kannte die Familie, vom Elend in Bann gehalten, keine andere Zerstreuung, als Sonntags in den Champs-Elysées spazieren zu gehen, und ein oder zwei Mal im Winter einen Theaterbesuch auf Freibillets, die sie von einem Kollegen bekommen.

Da wurde, gegen das Frühjahr, dem Beamten durch seinen Chef eine Nebenarbeit anvertraut, und er erhielt eine Gratifikation von dreihundert Franken.

Als er das Geld brachte, sagte er zu seiner Frau:

– Liebe Henriette, jetzt wollen wir uns ein Mal was leisten, zum Beispiel einen Ausflug für die Kinder.

Und nach langem Hin und Her wurde ausgemacht, daß sie auf's Land wollten um dort zu frühstücken.

– Weiß Gott – rief Hector – ein Mal ist kein Mal. Wir wollen für Dich, die Kleinen und das Mädchen einen Wagen nehmen und ich miete mir einen Gaul beim Pferdehändler. Das wird mir riesig gut thun.

Und während der ganzen Woche sprach man von nichts Anderem als vom geplanten Ausfluge.

Hector nahm jeden Abend, wenn er heimkehrte, seinen ältesten Sohn, setzte ihn sich auf's Knie und sagte, indem er ihn reiten ließ:

– So reitet Papa nächsten Sonntag Galopp!

Und der Bengel ritt den ganzen Tag auf allen Stühlen, schleppte sie durchs Zimmer und rief:

– So macht Papa hopp – hopp!

Selbst das Mädchen blickte den Herrn bewundernd an. Sie dachte daran, wie er neben dem Wagen herreiten würde. Während aller Mahlzeiten hörte sie seine Pferdegeschichten mit an und die Heldenthaten früher bei seinem Vater. O, er hatte eine gute Schule durchgemacht und wenn er nur erst das Tier zwischen den Schenkeln spürte, mochte ihm kommen was da wollte!

Er rieb sich die Hände und sagte schmunzelnd zu seiner Frau:

– Wenn ich einen 'n bißchen schwierigen Gaul erwischte, das würde mir doch Spaß machen! Da wirst Du mal sehen, wie ich reiten kann! Und wenn Dir's recht ist, fahren wir durch die Champs-Elysées zurück, gerade wenn die Wagen aus dem Bois kommen. Da wir guten Eindruck machen werden, so wäre mir's ganz recht, wenn uns jemand aus dem Ministerium begegnete, damit die Vorgesetzten mal Achtung vor einem kriegen!

Am bestimmten Tage standen Wagen und Pferd gleichzeitig vor dem Thor. Sofort kam er herab, um sein Tier zu besichtigen. Er hatte Stege an die Hose nähen lassen und fuchtelte mit einer Reitpeitsche umher, die er Tags zuvor gekauft.

Er hob und befühlte alle vier Beine des Gaules nacheinander, klopfte ihm Hals und Rücken, prüfte mit den Fingern die Nierenpartie, öffnete ihm das Maul, untersuchte die Zähne, bestimmte sein Alter und als die ganze Familie erschien, hielt er eine Art von kleiner Vorlesung über das Pferd im allgemeinen und im besonderen über dieses, das er für hervorragend erklärte.

Als alle im Wagen gut untergebracht waren untersuchte er die Gurten. Dann saß er auf. Dabei plumpste er aber dem Tiere so hart auf den Rücken, daß es unter der jähen Last anfing unruhig zu werden und seinen Reiter beinahe abgeworfen hätte.

Hector war aufgeregt und suchte es zu beruhigen:

– Olala ... so ist's brav ... so ist's schön ...

Als dann der Gaul wieder ruhig war und der Reiter seine Haltung wiedergewonnen, fragte er:

– Ist's so weit?

Alles rief:

– Ja.

Da befahl er:

– Los!

Und die Colonne setzte sich in Bewegung.

Aller Blicke waren auf ihn gerichtet. Er trabte englisch und hob sich dabei übertrieben. Wenn er kaum den Sattel berührt, schnellte er wieder empor als wollte er in den Himmel fliegen. Oft fehlte nicht viel, daß er auf dem Halse lag. Mit bleichen Wangen und gerunzelter Stirn starrte er vor sich hin.

Seine Frau hielt das eine Kind, das Mädchen das andere auf dem Schoß und rief fortwährend:

– Nein, der Papa! Nein, der Papa!

Und die beiden Rangen erhoben in ihrer Aufregung durch Freude und frische Luft ein fürchterliches Geschrei. Der Gaul erschrak und fing schließlich an zu galoppieren. Als sich sein Reiter abmühte ihn zu parieren, fiel der Hut herunter. Der Kutscher mußte vom Bock klettern, um ihn aufzuheben, und als ihn Hector wiederbekommen rief er von weitem seiner Frau zu:

– So verbiete den Kindern doch das Brüllen. Sonst geht mir der Schinder noch ab!

Im Gehölz von Vésinet setzten sie sich in's Gras und verzehrten die mitgebrachten Eßvorräte. Obwohl der Kutscher die Pferde bewachte, stand Hector alle Augenblicke auf, um zu sehen, ob seinem Gaul nichts abginge. Er klopfte ihm den Hals, gab ihm Brot, Kuchen, Zucker und erklärte:

– Er geht einen kolossalen Trab. Im ersten Augenblick hat er sogar mich 'n bißchen durchgeschüttelt. Aber wie Du siehst habe ich mich bald eingerichtet. Er hat seinen Herrn und Meister erkannt und wird nun nicht mehr mucksen.

Wie verabredet ging es durch die Champs-Elysées zurück. Die breite Allee wimmelte von Wagen und soviel Spaziergänger waren rechts und links, daß sie wie zwei lange schwarze Bänder aussahen, die sich vom Arc de Triomphe bis zum Concordienplatz zogen. Die Sonne strahlte mit aller Macht auf alles das nieder, sodaß der Lack der Wagen, das Metall an den Geschirren, die Wagengriffe blitzten.

Wie trunken wogten Fußgänger, Equipagen und Pferde durcheinander, und am anderen Ende starrte der Obelisk wie aus einem Goldmeere empor.

Als Sie am Arc de Triomphe vorüber waren, überkam Hectors Pferd plötzlich neuer Stallmut, in langem Trabe drängte es zwischen den Equipagen hindurch nach Haus trotz aller Versuche seines Reiters zu parieren.

Schon war der Wagen weit hinter ihnen, als sich der Gaul plötzlich am Industriepalast, wo er freie Bahn fand, rechts wandte und in Galopp setzte.

Eine alte Frau mit weißer Schürze ging friedlich über den Fahrdamm. Sie befand sich gerade in Hectors Schußfeld, der wie der Teufel angebraust kam und da er sein Tier nicht mehr halten konnte, mit aller Kraft brüllte:

– Holla! Heh! Achtung! Achtung!

Vielleicht hörte sie schwer, jedenfalls setzte sie ihren Weg ganz ruhig fort, bis sie vom Pferde umgerissen ward und mit Schnellzugsgeschwindigkeit die Röcke in der Luft, drei Mal mit dem Kopfe aufschlagend, zehn Schritte weit auf das Pflaster kollerte.

Man rief:

– Halt auf! Halt auf!

Hector verlor ganz den Kopf, krampfte sich an der Mähne fest und brüllte.

– Hilfe! Hilfe!

Ein fürchterlicher Stoß schleuderte ihn gleich einer Bombe zwischen den Ohren seines edlen Renners hindurch, gerade einem Polizisten in die Arme, der das Pferd hatte aufhalten wollen.

Sofort bildete sich eine gestikulierende, wütende, schreiende Menge um ihn. Am aufgeregtesten schien ein alter Herr mit weißem Schnurrbart und einem großen runden Orden, der fortwährend rief:

– Sakrament noch mal, wer so ungeschickt ist, bleibe in seinen vier Pfählen. Wenn man nicht reiten kann, bringt man wenigstens nicht andere Menschen in Gefahr.

Da kamen vier Männer, die die Alte trugen. Mit ihrem gelben Gesicht und dem verschobenen Häubchen sah sie aus, als ob sie tot wäre. Der alte Herr befahl:

– Tragen Sie die Frau in die Apotheke und wir wollen zur Polizeiwache!

Zwei Polizisten nahmen Hector in die Mitte, ein dritter führte sein Pferd. Ein ganzer Janhagel folgte und plötzlich erschien der Wagen. Seine Frau richtete sich erschrocken auf, das Mädchen verlor den Kopf, die Würmer schrieen. Er erklärte ihnen, daß er nachkommen würde, er hätte ein altes Weib umgerannt. Weiter sei es nichts. Und seine Familie fuhr ganz verstört davon.

Auf der Wache wurde die Sache schnell erledigt Er gab seinen Namen an: Hector de Gribelin, Beamter im Marineministerium. Und man wartete auf Nachrichten von der Verwundeten. Ein Polizist, der ausgesandt worden, um Erkundigungen einzuziehen, kehrte mit der Meldung zurück, daß sie wieder zur Besinnung gekommen, aber wie sie gesagt, fürchterliche innere Schmerzen hätte. Es war eine fünfundsechzigjährige Aufwartefrau, Simon mit Namen.

Als Hector hörte, daß sie nicht tot sei, atmete er auf und versprach für die Krankenkosten aufkommen zu wollen. Dann lief er zur Apotheke.

Eine große Menschenmenge umlagerte die Thür. Die gute Frau lag wimmernd, mit blödem Ausdruck und schlaff herabhängenden Armen in einem Stuhle. Zwei Ärzte standen bei ihr. Nichts war gebrochen, aber man befürchtete innere Verletzungen.

Hector fragte sie:

– Haben Sie große Schmerzen?

– O, ja.

– Wo denn?

– Mir brennt's wie Feuer im Magen rum!

Ein Arzt trat hinzu:

– Nicht wahr, Sie sind am Unglück schuld?

– Jawohl.

– Die Frau muß in's Krankenhaus. Ich weiß eines wo der Tag sechs Franken kosten würde. Soll ich's übernehmen?

Hector war sehr erfreut, dankte und kehrte erleichtert nach Haus zurück. Seine Frau erwartete ihn mit thränenden Augen. Er beruhigte sie:

– 's ist weiter nichts. Es geht der Simon schon besser. In drei Tagen ist alles gut. Ich habe sie in's Krankenhaus geschickt. 's ist weiter nichts.

Als er am nächsten Tage vom Bureau kam sprach er bei Frau Simon vor. Sie hatte eben eine gute Bouillonsuppe bekommen, die sie mit sehr zufriedener Miene aß.

– Nun? fragte er und sie gab zurück:

– Nee, hören Se mal, mei guter Herr, das wird nich anders. Ich bin sozusagen wie erschlagen. Mir geht's nich besser.

Der Arzt erklärte, man müsse abwarten, ob nicht Complikationen einträten.

Er wartete drei Tage. Dann sprach er wieder vor. Die alte Frau, die ganz gesund schien und mit hellen Augen umherblickte, fing an zu jammern, sobald sie ihn gewahrte:

– Nee, hören Se mal, mei guter Herr, ich kann mich nich rühren, nich rühren. Ich erhole mich, nich wieder!

Hector lief es kalt über den Rücken. Er befragte den Arzt, der die Achseln zuckte:

– Ja, verehrter Herr, ich kann's nicht sagen. Sobald man sie nur aufheben will, fängt sie an zu brüllen. Man kann ja nicht mal ihren Stuhl fortrücken, ohne daß sie fürchterlich schreit. Ich muß ihr schon glauben. Drin stecken thue ich nicht. Solange ich sie nicht habe gehen sehen, kann ich nicht annehmen, daß sie lügt.

Die Alte hörte unbeweglich mit tückischen Blicken zu.

Acht Tage strichen hin, dann vierzehn, dann vier Wochen. Frau Simon verließ ihren Lehnstuhl nicht. Sie aß von früh bis abends, ward dick und rund, und schwatzte lustig mit den anderen Kranken. Sie schien sich an die Bewegungslosigkeit gewöhnt zu haben, als ob sie die Ruhe wohl verdient durch fünfzig Jahre Laufen treppauf, treppab, durch Bettenmachen und Kohlentragen von Stock zu Stock, durch Kehren und Bürsten.

Hector war wie rasend. Er kam täglich und jeden Tag fand er sie ruhig und heiter dasitzen und erklären:

– Nee, mei guter Herr, ich kann kee Glied mehr rühren, keen Glied.

Jeden Abend fragte ängstlich Frau de Gribelin:

– Und Frau Simon?

Und jedes Mal antwortete er verzweifelt:

– Alles beim alten, alles beim alten.

Das Mädchen, das zuviel kostete, wurde abgeschafft. Sie sparten noch mehr und die Gratifikation ging drauf.

Da berief Hector vier Ärzte von Ruf zur Alten. Sie ließ sich untersuchen, befühlen, beklopfen und blickte sie dabei lauernd an.

– Sie muß durchaus gehen! meinte der eine. Sie rief:

– Nee, mei guter Herr, das is nich möglich, is nich möglich!

Da wurde sie gepackt, gehoben und ein paar Schritte weit geschleppt. Doch sie entglitt ihren Händen, brach auf dem Boden zusammen und fing dermaßen an zu brüllen, daß man sie mit größter Sorgfalt in ihren Stuhl zurücksetzte.

Die vier Aerzte waren sehr vorsichtig in ihrem Urteil, kamen aber doch zum Schlusse, daß sie arbeitsunfähig sei.

Als Hector seiner Frau diese Nachricht brachte, sank sie auf einen Stuhl und stammelte:

– Da wäre es noch das beste, wir nähmen sie in's Haus. Das würde weniger kosten.

Er fuhr in die Höhe:

– Hierher zu uns, daran denkst Du wirklich?

Doch sie antwortete, nun auf alles gefaßt, und die dicken Thränen liefen ihr über die Wangen:

– Lieber Mann, ich kann doch nichts dafür.

Eingerostet

Nur eine Leidenschaft hatte er in seinem Leben gekannt: die Jagd. Er ging jeden Tag auf die Jagd von früh bis abends mit rasender Passion. Er jagte Sommer und Winter, Herbst und Frühjahr. Wenn die Schonzeit Wald und Feld verbot – im Moor. Er ging auf Schieß- und Hetzjagden, mit Frettchen, Hühnerhund und Windhund, auf Anstand wie auf den Schnepfenstrich. Er redete und träumte nur von Jagd und wiederholte den ganzen Tag: »Wer nicht Jäger ist, muß doch ein unglücklicher Mensch sein!«

Er war nun gerade fünfzig Jahre alt, immer gesund, noch jugendlich, wenn sich auch schon eine Glatze eingestellt. Ein wenig dick war er aber kräftig dabei. Um die Lippen frei zu haben und besser das Jagdhorn blasen zu können, schnitt er sich den unteren Rand des Schnurrbarts gerade.

In der Gegend kannte man ihn nur bei Vornamen: Herr Hector. Er hieß: Baron Hector Gontran de Coutelier.

Er bewohnte ein kleines Haus mitten im Wald, das er geerbt. Und wenn er auch den ganzen Adel der Gegend kannte, dessen männliche Sprossen er bei den Jagden traf, so verkehrte er doch nur mit einer Familie, den de Courville, liebenswürdigen Nachbarn, die seit Jahrhunderten mit seiner Familie verknüpft waren.

Von denen wurde er gehätschelt, geliebt und verzogen, so daß er behauptete: »Wenn ich nicht Jäger wäre, würde ich euch nie verlassen.« Herr de Courville war sein bester Freund von Jugend auf. Er lebte als Landedelmann ruhig dahin mit Frau, Tochter und seinem Schwiegersohn, Herrn de Darnetot, der unter dem Vorwande historische Studien zu treiben eigentlich nichts that.

Baron de Coutelier kam oft zu seinen Freunden zu Tisch, hauptsächlich um ihnen seine Erlebnisse zu erzählen. Er wußte lange Hunde- und Jagdgeschichten bei denen er von den Tieren, die auftraten, wie von bedeutenden Persönlichkeiten sprach, die er gekannt. Er gab ihre Gedanken wieder und Absichten, setzte sie auseinander und erklärte sie: – Als Médor merkte, daß ihn das Huhn so abhetzte, sagte er sich: ›Warte mal, alter Kerl, wer zuletzt lacht, lacht am besten.‹ Dann gab er mir ein Zeichen, daß ich mich an die

Ecke des Kleefeldes stellen sollte, suchte mit Riesenlärm in schiefer Linie das Feld ab und bewegte die Blätter so stark als möglich um das Huhn in die Ecke zu treiben, wo kein Entkommen mehr möglich war. Alles traf ein, wie er es vorausgesehen. Plötzlich war das Huhn am Rand und konnte nicht mehr weiter ohne gesehen zu werden. Da sagte es sich: ›Nun bin ich aber reingefallen!‹ und duckte sich in die Blätter. Da stellt es Médor und äugt mich an. Ich gebe ihm ein Zeichen. Er zieht weiter ... Brrrrrr ... das Huhn geht auf ... ich reiße das Gewehr an die Backe ... puff ... es fällt. Und als es Médor brachte, wedelte er, als wollte er sagen: ›Haben wir das nicht fein gedeichselt, Herr Hector?‹

Courville, Darnetot und die beiden Damen wollten sich ausschütten vor Lachen über dieses Jägerlatein, das der Baron mit ganzer Seele vortrug. Er wurde dabei förmlich erregt, warf die Arme hin und her, und wenn er sein Wild auf der Strecke hatte, lachte er dröhnend und fragte immer am Schluß: – Ist das nicht gut, was?

Sobald man von anderen Dingen sprach, hörte er nicht mehr zu und setzte sich allein in eine Ecke um Jagdfanfaren zu summen. So machte er es auch in jeder Pause zwischen zwei Sätzen. Bei jenem plötzlichen Stillschweigen, das oft mitten im Gespräche eintritt, vernahm man da ein:»Tra. tra, tra! Trara, tra, tra!« das der Baron mit vollen Backen blies, als ob er in ein Horn gestoßen hätte.

Er hatte nur der Jagd gelebt und alterte ohne es zu ahnen und zu merken. Plötzlich bekam er einen Rheumatismusanfall, der ihn zwei Monate an's Bett fesselte. Er meinte vor Aerger und Langerweile sterben zu müssen. Da er kein Mädchen hatte und ein alter Diener für ihn kochte, wurden ihm weder warme Umschläge gemacht, noch ward ihm irgend welche Pflege zu Teil, wie sie Kranke brauchen. Sein Jäger war Krankenwärter und da er sich mindestens ebenso langweilte wie sein Herr, schlief er Tag und Nacht im Lehnstuhl, während der Baron im Bett fluchte und schimpfte.

Die Courvilleschen Damen besuchten ihn ab und zu, und das waren seine ruhigsten besten Stunden. Sie machten ihm die Arznei zurecht, kümmerten sich um das Feuer, und brachten ihm freundlich sein Frühstück an's Bett. Wenn sie fortgingen, brummte er:

– Donnerwetter noch mal, Sie sollten hierherziehen!

Und sie lachten von ganzen Herzen.

Als es ihm besser ging und er wieder anfing im Moor zu jagen, kam er eines Abends zu seinen Freunden zu Tisch. Aber er war nicht so fröhlich und gut aufgelegt wie sonst. Ein Gedanke quälte ihn fortwährend: die Furcht wieder Schmerzen zu bekommen, ehe die Jagd aufginge! Als ihn die Damen beim Abschied in einen Shawl wickelten und ihm – was er sich zum ersten Mal in seinem Leben gefallen ließ – ein Tuch um den Hals banden, sagte er verzweifelt:

– Wenn die Geschichte wieder los geht, bin ich ein toter Mann!

Als er fort war, sagte Frau de Darnetot zu ihrer Mutter:

– Wir müßten den Baron verheiraten!

Alles hob die Hände! Wie war es möglich, daß man daran noch nicht gedacht hatte? Den ganzen Abend wurden die Witwen der Bekanntschaft durchgesprochen und man blieb bei einer vierzigjährigen Frau stehen, die noch hübsch war, ziemlich reich, gesund und von gutem Charakter. Sie hieß Bertha Vilers.

Sie ward auf vier Wochen eingeladen, und da sie sich gerade langweilte so kam sie auch. Sie war lebhaft und heiter. Herr de Courelier gefiel ihr sofort. Er machte ihr Spaß wie ein lebendiges Spielzeug. Stundenlang befragte sie ihn unter vier Augen über die Gemütsbewegungen der Kaninchen und Ränke der Füchse. Ganz ernsthaft setzte er die verschiedene Lebensanschauung der Tiere auseinander, indem er ihnen genau Absicht und Überlegung unterschob wie seinen Bekannten.

Die Aufmerksamkeit, die sie ihm schenkte, entzückte ihn und eines Abends lud er sie, um ihr seine Hochachtung zu bezeigen, zur Jagd ein, was er noch bei keiner anderen Dame gethan. Die Einladung machte ihr solchen Spaß, daß sie annahm. Es gab ein allgemeines Fest, als sie ausgerüstet wurde. Alles half. Jeder bot ihr irgend etwas an. Und sie erschien als Amazone in hohen Stiefeln, Hosen, einem kurzen Rock, darüber eine Sammetjacke, die auf der Brust zu eng war, und einer Jagdmütze.

Der Baron war aufgeregt, als ob er zum ersten Mal auf die Jagd ginge. Aufs Genauste erklärte er ihr die Windrichtung, das Verhalten des Hundes, die Art zu schießen. Dann mußte sie querfeldein gehen und er folgte ihr Schritt auf Schritt, wie eine besorgte Mutter, die ihr Kind am Gängelbande die ersten Gehversuche machen läßt.

Médor windete, stand und hob den Lauf. Der Baron stotterte, während er zitternd hinter seinem Zögling blieb:

– Achtung, Achtung ... Reb ... Reb ... Rebhühner.

Er hatte kaum ausgeredet, als ... brrr ... brr ... brr ... ein Volk Hühner aufging.

Frau Vilers kniff erschrocken die Augen zu, drückte beide Läufe ab und ward durch den Rückstoß einen Schritt zurückgeworfen. Als sie dann ihre Haltung wieder gewann, sah sie, daß der Baron wie ein Verrückter umhersprang und Médor zwei Rebhühner apportierte.

Von diesem Tage ab liebte sie Herr de Coutelier.

»Das ist eine Frau!« sagte er, indem er die Augen aufschlug und kam nun jeden Abend um über Jagd zu schwatzen. Eines Tages fragte ihn plötzlich Herr de Courville, der ihn ein Stück nach Haus begleitete, und seine Begeisterung über die neue Freundin hören mußte:

– Warum heiraten Sie sie nicht?

Der Baron erschrak:

– Ich ... ich? Sie heiraten? Aber ... eigentlich ...

Und er schwieg. Dann drückte er hastig die Hand seines Begleiters und murmelte:

– Auf Wiedersehen, lieber Freund!

Mit großen Schritten verschwand er in der Nacht. Drei Tage blieb er fort, und als er wieder erschien, war er blaß vom Grübeln und ernster als sonst. Er zog Herrn de Courville bei Seite:

– Ihre Idee ist ausgezeichnet. Bereiten Sie sie doch 'n bißchen vor, daß sie mich nimmt. Sakrament die Frau ist ja für mich wie geschaffen. Das ganze Jahr jagen wir zusammen.

Herr de Courville meinte bestimmt zu wissen, daß sein Freund keinen Korb bekommen würde und antwortete:

– Halten Sie doch gleich an, mein Lieber. Soll ich's etwa übernehmen?

Aber der Baron ward verlegen und stotterte:

– Nein, nein! Erst muß ich 'ne kleine Reise machen ... 'ne kleine Reise ... nach Paris. Sobald ich zurück bin, entscheide ich mich!

Mehr war nicht herauszubekommen und am nächsten Tage reiste er ab.

Die Reise dauerte lange. Es verstrichen ein, zwei, drei Wochen, Herr de Coutelier erschien nicht. Die Courvilles waren erstaunt und wurden unruhig, denn sie wußten nicht mehr, was sie ihrer Freundin sagen sollten, die sie von dem bevorstehenden Schritte schon in Kenntnis gesetzt. Einen Tag um den anderen ließen sie bei ihm um Nachrichten bitten, aber keiner seiner Leute wußte etwas.

Da kam eines Abends das Mädchen, während sich Frau Vilers gerade zum Gesang am Klavier begleitete, und rief ganz geheimnisvoll und leise Herrn de Courville hinaus. Ein Herr fragte nach ihm. Es war der Baron. Er war im Reiseanzug und schien verändert, gealtert. Sobald er seinen alten Freund erblickte, nahm er ihn bei der Hand und sagte mit ein wenig müder Stimme:

– Eben komme ich zurück, Liebster, und gleich zu Ihnen. Ich kann nicht mehr.

Dann hielt er sichtlich verlegen inne:

^ Ich wollte Ihnen nur sofort ... sagen ... daß die Sache ... mit der Sache ... Sie verstehen ... schon – nichts ist.

Herr de Courville blickte ihn entsetzt an:

– Wieso denn? Nichts ist? Und warum?

– Ach bitte fragen Sie nicht weiter. Es wäre zu peinlich für mich. Aber Sie können sicher sein, daß ich als Gentleman handle. Ich kann nicht ... Ich habe kein Recht dazu ... verstehen Sie, ich habe kein Recht diese Dame zu heiraten. Ich werde so lange warten, bis sie fort ist, dann komme ich wieder zu Ihnen. Es wäre mir zu schmerzlich, sie wiederzusehen. Adieu.

Und er lief davon.

Die ganze Familie beriet, stritt hin und her und stellte tausend Vermutungen auf. Man nahm endlich an, im Leben des Barons müsse irgend ein großes Geheimnis verborgen sein, daß er vielleicht natürliche Kinder habe oder ein altes Verhältnis. Kurzum die Sache ließ sich ernst an, und um nicht Schwierigkeiten zu haben, wurde Frau Vilers vorsichtig aufgeklärt. Als Witwe, wie sie gekommen, reiste sie auch ab.

Ein Vierteljahr verstrich, da sagte einmal nach einem guten Diner in der Weinlaune Herr de Coutelier zu Herrn de Courville, als sie mitsammen ein Pfeifchen schmauchten:

– Wenn Sie wüßten, wie oft ich an Ihre Freundin denke, hätten Sie Mitleid mit mir!

Der andere, den des Barons Handlungsweise in dieser Angelegenheit ein wenig verletzt hatte, antwortete lebhaft, geradeheraus:

– Sakrament, Verehrtester, wenn man in seinem Leben was zu verbergen hat, so macht man eben nicht solche Avancen wie Sie. Schließlich mußten Sie doch den Grund Ihres Zurückziehens schon vorher kennen

Der Baron nahm verlegen die Pfeife aus dem Mund:

– Ja und nein. Kurzum, was passiert ist, hätte ich nicht gedacht.

Herr de Courville gab ungeduldig zurück:

– Man muß alles vorsehen.

Aber Herr de Coutelier antwortete mit gedämpfter Stimme, indem er sich umschaute, ob es auch niemand höre:

– Ich sehe schon, ich habe Sie verletzt. Da will ich Ihnen nur alles sagen, um mich zu entschuldigen. Lieber Freund: seit zwanzig Jahren lebe ich bloß für die Jagd. Wie Sie wissen, habe ich nur die Passion und mache nichts Anderes. Da kam mir nun, als ich gegen diese Dame Pflichten übernehmen sollte, ein Skrupel, ein Gewissensskrupel! Seitdem ich nicht mehr daran gewöhnt bin zu ... zu lieben, na kurz und gut, ich wußte nicht, ob ich wohl noch ... Sie verstehen schon ... Denken Sie mal an ... Jetzt sind es genau sechzehn Jahre her, daß ... daß ... daß ... ich zuletzt ... verstehen Sie! Hier in der Gegend ist's nicht leicht zu ... zu ... Sie verstehen schon. Dann hatte ich andere Dinge im Kopf. Ich schieße lieber was. Kurz, wie ich mich nun vor Staat und Kirche verpflichten sollte zu ... was Sie wissen, da kriegte ich's mit der Angst. Ich hab' mir gesagt: Verflucht, aber wenn, wenn's ... nun nicht geht. Ein ehrlicher Kerl hält sein Versprechen, und ich übernahm da der Dame gegenüber eine heilige Pflicht. Kurz, um reines Gewissen zu haben nahm ich mir vor, acht Tage in Paris zuzubringen.

Nach acht Tagen – nichts, gar nichts. Und versucht wurde's. Das Beste jeder Klasse habe ich genommen. Ich gebe Ihnen die Versicherung, an denen hat's nicht gelegen ... ja ... gewiß, sie haben nichts versäumt. Aber ... was meinen Sie ... immer sind sie unverrichteter Dinge abgezogen.

Da habe ich zwei, drei Wochen gewartet, denn ich gab's noch nicht auf. Ich habe in den Restaurants allerhand gepfefferte Sachen gegessen, und mir den Magen verdorben und ... nichts ... rein gar nichts.

Nun werden Sie begreifen, daß ich unter diesen Umständen, angesichts solcher Beweise nichts Anderes machen konnte, als ... als ... als mich zurückzuziehen! Und das habe ich auch gethan.

Herr de Courville bot alles auf, um nicht zu lachen. Er drückte dem Baron mit ernster Miene die Hand und sprach:

– Mein Beileid!

Darauf brachte er ihn nach Haus bis zur Hälfte des Weges. Wie er aber dann mit seiner Frau allein war, erzählte er ihr alles, indem er beinahe erstickte vor Lachen. Aber Frau de Courville lachte nicht. Sie hörte aufmerksam zu und als ihr Mann geendet, antwortete sie sehr ernst:

– Der Baron ist ein Narr, lieber Freund. Angst hat er gehabt, das ist der ganze Witz. Ich werde Bertha schreiben, sie soll schleunigst wieder kommen.

Als ihr Herr de Courville die langen vergeblichen Bemühungen ihres Freundes vorhielt, antwortete sie:

– Ach was, weißt Du, wenn man seine Frau liebt, kommt das – immer wieder.

Und Herr de Courville antwortete nicht. Er war selbst ein wenig beschämt.

Toll?

Bin ich verrückt? Oder nur eifersüchtig? Ich weiß es nicht, ich weiß nur, daß ich furchtbar gelitten habe. Es ist wahr, ich habe eine Verrücktheit, eine tolle Verrücktheit begangen. Aber genügt denn lechzende Eifersucht, wahnsinnige, verratene, verlorene Liebe, der ganze grauenvolle Schmerz, den ich leide, nicht um uns zu Verbrechen und Wahnsinn zu treiben, ohne daß wir durch Herz und Hirn wirklich schuldig wären?

Ach, ich habe gelitten, gelitten, gelitten, bitter, fürchterlich gelitten. Ich habe diese Frau mit wahnwitziger Liebe geliebt. Und dennoch – ist das wahr? Habe ich sie geliebt? Nein, nein, nein. Sie hatte mir Seele und Leib genommen, ganz ausgefüllt, in Fesseln geschlagen. Ich war, ich bin ihr Spielzeug. Ich hänge an ihrem Lächeln, ihren Lippen, ihrem Blick, an den Linien ihres Leibes, an ihren Zügen. Ich keuche wie ein Sklave unter dem Zwange, den ihr Anblick auf mich übt. Aber sie selbst das Weib darin, das Wesen, das in diesem Leibe lebt, hasse ich, verachte ich, verfluche ich, und immer, immer schon habe ich es gehaßt, verachtet und verflucht. Denn sie ist treulos, viehisch, schmutzig, unrein! Sie ist die Frau, an die ich mich verloren habe, das falsche, sinnliche, seelenlose Tier, das dahinbrütet, ohne daß je ein Gedanke luftreinigend und belebend sie durchströme. Sie ist die Bestie im Menschen. Und weniger noch: sie ist nur der Schoß, das wundervolle, süße, runde Stück Fleisch, das – die Schmach bewohnt.

Die erste Zeit, die wir zusammen waren, war seltsam und köstlich. In ihren immer geöffneten Armen verlor ich meine Kraft in nie gesättigten Begierden. Es war, als ob ihre Augen mich durstig nach ihren Lippen gemacht. Sie waren Tages über grau, schillerten grünlich wenn der Abend sank, und blau beim anbrechenden Lichte. Verrückt bin ich nicht: ich kann schwören. daß sie diese drei Farben hatten.

Zur Stunde der Liebe glänzten sie blau mit riesigen, nervösen Pupillen. Aus ihren zitternden Lippen lugte ab und zu die rosigfeuchte Spitze der Zunge hervor, es war wie das Züngeln eines Reptils. Langsam hoben sich die schönen Augenlider, um mir den glühenden, markzehrenden Blick zu zeigen, der mich rasend machte.

Wenn ich sie in die Arme schloß, sah ich ihr in die Augen und zitterte, während mich die Lust beschlich, diese Bestie zu töten und ich doch nicht anders konnte als ihr zu gehören immerdar.

Wenn sie durch's Zimmer ging, erregte mich das Geräusch ihrer Schritte. Und wenn sie anfing sich zu entkleiden, wenn sie ihr Kleid abstreifte und der Wäsche entstieg, die um sie zu Boden fiel, dann lähmte mir unendliche feige Schwäche alle Glieder.

Eines Tages machte ich die Entdeckung, daß sie meiner überdrüssig geworden. Ich sah es, als sie aufwachte an ihrem Blick. Jeden Morgen beugte ich mich über sie und erwartete diesen ersten Blick. Ich erwartete ihn voll Wut, Haß, Verachtung gegen dieses schlafende Vieh, dessen Sklave ich war. Doch wenn sie die blassen, wasserhellen Augen aufschlug, die noch erloschen und matt, noch krank waren von unserer letzten Zärtlichkeit, war es, als durchschösse mich brennendes Feuer, meine Glut neu anzufachen. Als sie aber an diesem Tage die Augen aufschlug, gewahrte ich einen wunschlosen, gleichgültigen, toten Blick.

O ich sah ihn, ich begriff ihn, ich fühlte, ich verstand ihn sofort. Es war aus, aus für immer. Und jede Stunde, jede Sekunde brachte mir Gewißheit.

Wenn ich Arm und Lippe ihr entgegenstreckte, wandte sie sich gelangweilt ab und murmelte: »Laß mich doch!« oder »Ich mag Dich nicht!« oder »Kann ich denn nie Ruhe haben.«

Da ward ich eifersüchtig, eifersüchtig wie ein Hund und gerissen, mißtrauisch, ein Heuchler dazu. Ich wußte, daß es mit ihr wieder los gehen würde, daß sie ein anderer entflammen müßte.

Ich wurde wahnsinnig eifersüchtig, aber toll bin ich nicht, nein, ganz bestimmt nicht!

Ich wartete. Ich lauerte. Betrogen hatte sie mich nicht: sie blieb kalt mit eingeschlafenen Sinnen. Manchmal sagte sie: »Die Männer ekeln mich!« Und so war es auch.

Da ward ich eifersüchtig auf sie selbst. Eifersüchtig wegen ihrer Gleichgültigkeit, eifersüchtig auf ihre nächtliche Einsamkeit, eifersüchtig auf ihre Bewegungen, auf ihre Gedanken, deren Schmutz ich kannte, eifersüchtig auf alles, das ich erriet. Und wenn manchmal beim Erwachen dieser verschwommene Blick wiederkehrte, wie einst nach unseren Liebesnächten, als ob böse Lust ihre Seele gestachelt und ihr Wünsche geweckt, dann ergriff mich grenzenlose Wut, ich bebte vor Empörung und die Begierde überfiel mich, sie zu erwürgen, zu knieen auf ihr und ihre Kehle zusammenpressend sie zum Geständnis aller schmachvollen Geheimnisse ihrer Liebe zu bringen.

Bin ich toll? – Nein.

Da fühlte ich eines Abends, daß sie glücklich war. Ich fühlte, daß in ihr eine neue Leidenschaft emporgekommen. Ich wußte es. Es gab keinen Zweifel. Sie war aufgeregt wie nach meinen Liebkosungen. Ihr Auge leuchtete. Ihre Hände waren warm. Ihr ganzes Wesen strömte jenen Liebesodem aus, der mich rasend gemacht.

Ich that als merkte ich nichts, aber wie ein Netz umgab sie meine Spürkraft.

Und doch entdeckte ich nichts.

Ich wartete eine Woche, einen Monat, ein halbes Jahr. Sie blühte auf in rätselhafter Leidenschaft, und sie beruhigte sich im Glück, das ihr eine unfaßbare Liebe gab.

Da plötzlich – erriet ich es! Ich bin nicht toll. Ich schwöre es, ich bin nicht toll.

Wie soll ich es sagen? Wie mich verständlich machen? Wie soll ich diese gemeine, unglaubliche Sache ausdrücken?

Ich erfuhr es so.

Eines Abends, wie ich schon sagte, kam sie von einem langen Spazierritt zurück. Da sank sie mit geröteten Wangen und heftig atmender Brust, mit zitternden Knieen und geschlossenen Augen mir gegenüber in einen niedrigen Stuhl. Das kannte ich. Sie liebte. Da gab es keine Täuschung.

Das ging über meine Kraft, und ich wandte mich zum Fenster um sie nicht mehr sehen zu müssen. Da gewahrte ich, wie der Reitknecht ihr großes Pferd, das gerade stieg, am Zügel zum Stall führte.

Auch sie hatte das feurig umherspringende Tier mit dem Blicke verfolgt. Als es dann verschwand, schlief sie plötzlich ein.

Die ganze Nacht sann ich nach und Rätsel schienen sich mir zu enthüllen, die ich nie geahnt. Wer wird je die Irrgänge weiblicher Sinnlichkeit ergründen? Wer begreift ihre abenteuerlichen Grillen, die seltsame Befriedigung seltsamster Launen.

Jeden Morgen galoppierte sie bei Tagesanbruch durch Feld und Wald davon und jedes Mal kehrte sie ermattet zurück, wie nach rasender Liebesbrunst.

Ich begriff! Nun war ich eifersüchtig auf das feurig dahinstürmende Pferd. Eifersüchtig auf den Wind, der ihre Wangen umkoste, wenn sie dahinflog in tollem Lauf, eifersüchtig auf die Blätter, die sie im Vorbeireiten streiften, auf die Sonnenstrahlen, die ihr durch das Laubdach hindurch die Stirn küßten, eifersüchtig auf den Sattel der sie trug, den sie mit ihrem Schenkel umspannte.

All das machte sie glücklich, erregte sie, befriedigte, schwächte sie und machte sie dann gleichgültig, fast feindlich gegen mich.

Ich beschloß mich zu rächen. Ich wurde sanft gegen sie und erwies ihr alle Aufmerksamkeiten. Wenn sie nach ihren wilden Ritten aus dem Sattel sprang, streckte ich ihr die Hand entgegen. Das wütende Tier schlug nach mir. Sie streichelte seinen runden Hals, küßte es auf die schnaubenden Nüstern, ohne sich die Lippen zu wischen. Und der Duft ihres warmen Leibes, warm wie er sonst aus dem Bett gekommen, mischte sich mit dem scharfen, wilden Geruch des Tieres.

Ich wartete meine Zeit ab. Jeden Morgen ritt sie denselben Fußweg durch ein kleines Birkenwäldchen, das sich zum Forste zog.

Vor Tagesanbruch ging ich fort mit einem Strick in der Hand und meinen Pistolen in der Brusttasche, als müßte ich zu einem Duell.

Ich lief zu ihrem Lieblingswege und spannte den Strick darüber weg zwischen zwei Bäumen. Dann versteckte ich mich im Grase.

Ich legte das Ohr an den Boden zu lauschen. Von weitem hörte ich ihren Galopp. Dann gewahrte ich sie von ferne unter den Zweigen, die sie wie ein Kreuzgang überbogen, in langem Galopp daherstürmen. O ich hatte mich nicht geirrt! Ich hatte recht! Sie schien glücklich zu sein, ihre Wangen waren gerötet, Raserei leuchtete aus ihrem Blick. Und die rasende Fahrt ließ ihre Nerven zittern in einziger, toller Lust.

Das Tier schlug mit der Vorhand an meinen Fallstrick an und fiel mit zerbrochenen Knochen. Sie fing ich in den Armen auf. Ich bin stark genug einen Stier zu heben. Als ich sie dann zu Boden gelassen, trat ich zu *Ihm*, der uns ansah. Da setzte ich ihm, während er noch den Versuch machte mich zu beißen, die Pistole an's Ohr und schoß ihn tot wie einen Mann.

Aber ich selbst taumelte zurück von zwei Peitschenhieben in's Gesicht getroffen. Und als sie sich von neuem auf mich stürzen wollte, schoß ich sie mit der zweiten Kugel über den Haufen.

Jetzt sagt: bin ich toll?

Frau Baptiste

Als ich in den Wartesaal des Bahnhofes von Loubain trat, war mein erster Blick nach der Uhr. Ich hatte bis zur Abfahrt des Pariser Schnellzuges noch zwei Stunden zehn Minuten zu warten.

Ich fühlte mich plötzlich müde, als ob ich zehn Meilen weit zu Fuß gelaufen wäre. Da blickte ich mich nach allen Seiten um, als könnte ich ein Mittel finden, die Zeit totzuschlagen. Dann ging ich hinaus und blieb vor dem Eingang des Bahnhofes stehen, immer von dem Gedanken beherrscht, irgend etwas zu entdecken, das ich unternehmen könnte.

Die Straße war promenadenartig mit kümmerlichen Akazien bepflanzt. Sie stieg in zwei Reihen unregelmäßiger Häuser, wie man sie in kleinen Städten findet, zu einem bewaldeten Hügel an, als münde sie in einen Park.

Ab und zu schlich eine Katze, vorsichtig den Rinnstein überschreitend, über die Straße. Ein Köter schnüffelte am Fuß der Bäume herum, sich Abfälle zu suchen. Kein Mensch war zu sehen.

Mich ergriff tötliche Langeweile! Was thun? Was anfangen? Schon dachte ich an den endlosen, unvermeidlichen Aufenthalt im kleinen Bahnhofsrestaurant, bei einem ungenießbaren Glase Bier und dem unlesbaren Lokalblättchen, als ich einen Leichenzug gewahrte, der um die Ecke kam und in die Straße einbog, auf der ich stand.

Der Anblick des Leichenwagens war mir eine Erleichterung. Er bedeutete für mich wenigstens zehn Minuten untergebrachte Zeit.

Doch da ward ich plötzlich doppelt aufmerksam. Der Tote ward nur von acht Herren gefolgt, deren einer weinte. Die übrigen unterhielten sich gemütlich. Kein Geistlicher ging mit. Ich dachte: »Aha ein Leichenbegängnis, dem die Kirche die Weihe versagt hat!« Dann überlegte ich mir, daß es in einer Stadt wie Loubain doch wenigstens hundert Freidenker geben müßte, die es für ihre Pflicht gehalten haben würden, eine öffentliche Kundgebung zu veranstalten. Was bedeutete das also? Die Schnelligkeit mit der sich der Zug bewegte, war doch ein Zeichen, daß man den Toten ohne weitere Feierlichkeit, also auch ohne Trost der Religion begrub.

Meine müßiggängerische Neugier erging sich in verschmitztesten Vermutungen. Da der Leichenwagen nun gerade an mir vorüber kam, so verfiel ich auf einen wunderlichen Gedanken: Ich wollte mich den acht Herren anschließen. Das gab mindestens eine Stunde Beschäftigung und ich folgte den anderen mit betrübter Miene.

Die beiden Letzten drehten sich erstaunt um und redeten dann leise miteinander. Wahrscheinlich fragten sie sich, ob ich ein Ortseingeborener sei. Dann besprachen sie sich mit den beiden vor ihnen, die sich nun ihrerseits umwandten um mich anzusehen. Diese forschenden Blicke störten mich und um ihnen ein Ende zu bereiten, näherte ich mich meinen Nachbarn, grüßte und sprach:

– Entschuldigen Sie, wenn ich Ihre Unterhaltung störe, meine Herren. Aber da ich ein nichtkirchliches Begräbnis sah, habe ich mich angeschlossen, ohne übrigens den Toten zu kennen, dem Sie da die letzte Ehre geben.

Einer der Herren antwortete:

– Es ist eine Tote!

Erstaunt fragte ich:

– Aber es ist doch ein bürgerliches Begräbnis, nicht wahr?

Der andere Herr, der mich offenbar aufklären wollte, fiel ein:

– Ja und nein. Die Geistlichkeit hat uns den Beistand der Kirche verweigert.

Nun entfuhr mir ein erstauntes »Ah«. Ich verstand nichts davon.

Mein gefälliger Nachbar vertraute mir leise an:

– Ach, das ist eine ganz lange Geschichte. Diese junge Frau hat sich selbst getötet. Deshalb kein kirchliches Begräbnis. Der erste da vorn, der weint, ist ihr Mann.

Da sagte ich zögernd:

– Das setzt mich in Erstaunen und interessiert mich sehr. Wäre es indiskret, wenn ich Sie bäte, mir die Geschichte zu erzählen? Wenn es Ihnen nicht paßt – so nehmen Sie an, daß ich nichts gesagt hätte.

Der Herr faßte mich vertraulich beim Arm:

– Durchaus nicht! Durchaus nicht. Warten Sie mal, wir wollen mal ein bißchen zurück bleiben. Ich werde Ihnen die Geschichte erzählen. Sie ist sehr traurig. Wir haben Zeit genug bis zum Kirchhof, dessen Bäume Sie dort oben sehen. Es ist 'ne tüchtige Steigung bis rauf!

Und er begann:

– Denken Sie sich, diese junge Frau, Frau Paul Hamot, war die Tochter eines reichen Kaufmanns unserer Gegend. Er heißt Fontanelle. Als Kind von elf Jahren geschah ein furchtbares Unglück mit ihr: ein Diener schändete sie. Beinahe wäre sie gestorben durch die Schuld dieses Elenden, dessen Roheit ihn verriet. Ein gräßlicher Prozeß fand statt, der an's Licht brachte, daß das arme Ding seit drei Monaten das Opfer dieses Viehs war. Der Kerl wurde zu lebenslänglicher Zwangsarbeit verurteilt.

Das kleine Mädchen wuchs mit dem Schandmal auf, einsam, ohne Spielgefährten, kaum von den Erwachsenen geküßt, die meinten die Lippen zu beflecken, wenn sie ihre Stirn berührten.

Für die Stadt war sie eine Art Monstrum, ein Wunder geworden. Leise sagte man zu einander: »Sie wissen doch ... die kleine Fontanelle.« Auf der Straße drehte man sich nach ihr um, wenn sie vorüberging. Es gelang kaum ein Kindermädchen zu finden, die mit ihr spazieren gegangen wäre, denn die Mädchen anderer Familien hielten sich bei Seite, als ob eine Ansteckung von ihr auf alle übertragen würde, die sich ihr näherten.

Es war traurig, die arme Kleine auf der Promenade zu sehen, wo die anderen Würmer jeden Nachmittag spielen. Ganz allein stand sie neben ihrer Wärterin da und schaute traurig den anderen Rangen zu, die sich unterhielten. Ab und zu kam der Wunsch über sie, mit den übrigen Kindern zusammen zu sein. Schüchtern, mit ängstlichen Geberden wagte sie sich vor, und trat verstohlen, als wäre sie sich ihrer Unwürdigkeit bewußt, unter die anderen. Aber sofort liefen von allen Bänken Mütter, Kindermädchen, Tanten herbei, packten ihre Pflegebefohlenen bei der Hand und schleppten sie gewaltsam fort. Die kleine Fontanelle blieb verlassen, erschrocken, ahnungslos allein stehen und fing an zu weinen, denn das Herz wollte ihr brechen vor Leid. Dann verbarg sie schluchzend ihr Gesichtchen in der Schürze der Wärterin.

Sie wuchs heran. Da ward es bald noch schlimmer. Wie von einer Pestkranken wurden die jungen Mädchen von ihr ferngehalten. Für das arme Ding gab es ja kein Rätsel mehr, sie hatte kein Anrecht mehr auf die symbolische Orangenblüte, sie hatte, fast ehe sie lesen gekonnt, den Schleier von jenem Geheimnis gerissen, das die Mutter am Hochzeitsabend zitternd kaum erraten läßt.

Wenn sie auf der Straße ging – immer nur mit ihrer Gouvernante, als müßte man sie unter Aufsicht halten, in der Befürchtung es möchte ihr irgend ein neues fürchterliches Unglück zustoßen, dann schlug sie die Augen nieder, unter der geheimnisvollen Schmach die auf ihr lag. Die anderen jungen Mädchen, die viel weniger naiv sind als man so denkt, flüsterten und blickten sie an, lächelten und schauten scheinbar zerstreut schnell nach der anderen Seite, wenn sie sie zufällig ansah.

Man grüßte Sie kaum. Nur einige Herren zogen den Hut. Die Mütter thaten, als hätten Sie sie nicht gesehen. Ein paar kleine Straßenbengel nannten Sie »Frau Baptiste«, nach dem Namen des Dieners, der ihr Gewalt angethan.

Niemand wußte, was sie im stillen litt, denn sie sprach kaum und lachte nie. Selbst ihre Eltern schienen verlegen in ihrer Gegenwart, als ob sie ihr irgend ein nicht wieder gut zu machendes Vergehen ewig nachtrügen.

Einem in Freiheit gesetzten Sträfling giebt ein ehrlicher Mann nicht gerne die Hand und wenn's auch sein Sohn wäre, nicht wahr? Herr und Frau Fontanelle betrachteten ihre Tochter, wie sie wohl einen Sohn angesehen hätten, der aus dem Zuchthaus gekommen wäre.

Sie war hübsch, blaß, groß, schlank, vornehm ausschauend. Wenn die Geschichte nicht gewesen wäre, hätte sie mir sehr gut gefallen.

Genug, wie wir einen neuen Unter-Präfekten kriegten, das ist so anderthalb Jahre her, brachte er seinen Privatsekretär mit, 'nen komischen Kerl, der wie's scheint im Studentenviertel gelebt hatte.

Er sah Fräulein Fontanelle und verliebte sich in sie. Man erzählte ihm alles, aber er antwortete bloß:

– Ach was, das ist ja gerade eine Bürgschaft für die Zukunft. Vorher ist mir lieber als später. Vor der Frau werde ich Ruhe haben.

Er machte ihr den Hof, hielt um sie an und heiratete sie. Da er nun 's Herz auf dem rechten Flecke hatte, machte er Antrittsbesuche, als ob nichts geschehen wäre. Einige erwiderten sie, andere nicht. Kurzum man fing an zu vergessen und sie machte sich eine Stellung.

Wissen Sie, sie sah zu ihrem Manne empor wie zu einem Gott. Er hatte ihr ja ihre Ehre wiedergegeben, sie sozusagen mit den andern wieder gleichgemacht, der öffentlichen Meinung getrotzt und sie auch besiegt. Er hatte jedmöglichen Beleidigungen die Stirn geboten, kurzum so mutig gehandelt, wie's wohl wenig andere Männer gethan haben würden. So hatte sie für ihn eine überspannte Leidenschaft gefaßt.

Sie ward guter Hoffnung und als man das erfuhr, öffneten ihr die empfindlichen Leute ihr Haus, als wär sie durch die Mutterschaft rein geworden. Es ist sonderbar, aber 's ist so ...

Alles ging also gut bis neulich, wo das Fest der Schutzheiligen unserer Gegend stattfand. Der Präfekt führte, von seinen Beamten und den Behörden umgeben, den Vorsitz bei den Preisaufführungen der Musikvereine. Er hatte eben eine Rede gehalten und die Verteilung der Medaillen begann, die sein Privatsekretär, Paul Hamot, den Siegern aushändigte.

Wie Sie wissen, giebt es bei derlei Sachen immer Eifersucht und Nebenbuhlerschaft, die die Leute aus dem Gleichgewicht bringt.

Auf der Tribüne saßen alle Damen der Stadt.

Der Kapellmeister des Fleckens Mormillon war an der Reihe vorzutreten. Seine Kapelle hatte bloß eine Medaille zweiter Klasse erhalten. Alle können eben nicht die erste Klasse bekommen, nicht wahr?

Als ihm nun der Privatsekretär seinen Preis überreicht, wirft ihm der Kerl die Medaille an den Kopf und schreit:

– Deine Medaille kannste für Baptisten behalten. Der muß sogar eine erster Klasse kriegen, wie ich!

Da fingen eine Menge Leute an zu lachen. Der Pöbel ist nicht weiter menschenfreundlich und kennt kein Zartgefühl und aller Blicke wandten sich auf die arme Frau.

O, Gott, haben Sie schon mal eine Frau verrückt werden sehen? – Nein? – Nun wir haben's erlebt. Sie stand auf und sank dreimal wieder auf ihren Stuhl zurück, als ob sie fortlaufen wollte, und einsähe, daß sie nicht durch die Menge käme um sie herum.

Irgend wo aus dem Publikum rief eine Stimme noch einmal:

– Heh! Frau Baptiste!

Da entstand ein großer Skandal, halb Heiterkeit, halb Empörung.

Ein Tumult. Die Köpfe bewegten sich wie eine Sturmwelle. Das Wort ging von Mund zu Mund. Man streckte sich, um zu sehen, welches Gesicht wohl die Unglückliche machte. Männer hoben ihre Frauen hoch in den Armen, um sie ihnen zu zeigen. Einzelne fragten:

– Welche ist es denn? Die Blaue?

Die Straßenjungen fingen an zu kichern, und schallendes Gelächter pflanzte sich fort von einer Stelle zur anderen.

Sie blieb zu Tode erschrocken, bewegungslos auf ihrem Stuhl, als wäre sie hingesetzt, um aller Welt gezeigt zu werden. Verschwinden konnte sie nicht, sich nicht bewegen, ihr Gesicht nicht verbergen. Sie zwinkerte mit den Augen, als wäre sie von hellem Licht geblendet und atmete tief wie ein Pferd, das bergauf geht.

Es war herzzerreißend sie so zu sehen.

Herr Hamot hatte den groben Kerl bei der Gurgel gepackt und sie wälzten sich unter fürchterlichem Getöse am Boden.

Die Feier wurde unterbrochen.

Eine Stunde später gingen die Hamots nach Haus. Die junge Frau hatte seit der Beleidigung noch nicht ein Wort gesprochen, aber sie zitterte als ob alle Nerven durch eine Feder in Bewegung gesetzt worden wären. Und plötzlich sprang sie, ehe ihr Mann sie hätte zurückhalten können, über das Brückengeländer in den Fluß.

Das Wasser ist tief dort. Erst nach zwei Stunden gelang es sie herauszufischen. Natürlich war sie tot. –

Der Erzähler schwieg. Dann fügte er hinzu:

– Vielleicht war es das Beste in ihrer Lage. Es giebt eben Dinge, die man nicht aus der Welt schafft.

Nun begreifen Sie wohl, warum die Geistlichkeit ein kirchliches Begräbnis verweigert hat. Ach wenn es ein kirchliches Begräbnis gewesen wäre, so wäre die ganze Stadt gekommen. Aber Sie werden verstehen, daß die Familien sich fern gehalten haben, wo zu der anderen Geschichte noch der Selbstmord getreten ist. Und dann ist's hier zu Lande so 'n eignes Ding, ein Leichenbegängnis ohne Geistlichkeit mitzumachen.

Wir kamen durch die Kirchhofsthür und ich wartete bewegt, bis man den Sarg in das Grab hinuntergelassen. Dann trat ich auf den armen Kerl zu und drückte ihm kräftig die Hand.

Er sah mich thränenden Auges erstaunt an und sagte:

– Ich danke Ihnen.

Und ich bereute es nicht, dem Leichenzuge gefolgt zu sein.

Marroca

Lieber Freund Du hast mich gebeten, Dir vom Afrikanischen Boden aus, der mich solange schon anzog, Eindrücke, Erlebnisse und vor allem meine Liebesabenteuer zu beschreiben. Du sagtest, schon im voraus müßtest Du über meine schwarzen Liebschaften lachen und sähest mich bereits in Begleitung einer großen ebenholzdunklen Frau wiederkommen, mit gelbem Kopftuch und in schlotternden auffallenden Gewändern.

Die Maurenmädchen kommen schon noch an die Reihe, denn ich habe schon mehrere gesehen, die mich reizten, in diese Tinte zu tauchen, aber vor der Hand habe ich was Besseres und ganz Eigenes gefunden.

In Deinem letzten Briefe schriebst Du:

»Wenn ich die Liebe in einem Lande kenne, kenne ich auch das Land so genau, daß ich es beschreiben könnte, ohne es je gesehen zu haben.« Also höre: hier liebt man mit wahnsinniger Leidenschaft. Vom ersten Tage ab fühlt man eine Art zitternder Glut, ein plötzliches Erwachen der Begierden, eine Schwäche bis in die Fingerspitzen, die unsere Liebesfähigkeit und all unsere Empfindungen bis zur Verzweiflung überreizt. Das geht von der einfachen Berührung der Hand bis zu jenem unnennbaren Zwange, der uns soviel Dummheiten begehen läßt.

Wohlverstanden, ich weiß nicht ob es das, was man Herzensneigung, Seelenliebe, ideale, kurz platonische Liebe nennt, unter diesen Breiten giebt. Ich zweifle sogar daran. Aber die andere Liebe, die der Sinne, die auch ihr Gutes hat, wird in diesem Klima wirklich fürchterlich. Diese Hitze, diese fiebererregende fortwährende Siedetemperatur der Luft, diese erstickenden Südwinde, diese Feuerfluten aus der nahen großen Wüste, dieser schwere Sirokko, der mehr brennt und frißt denn Flammen, diese unausgesetzte Feuersbrunst in der der ganze Erdteil steht, den die ungeheure sengende Sonnenglut bis zu den Steinen in Brand gesetzt – alles das macht das Blut kochen, entzündet das Fleisch, weckt das Tier.

Aber ich komme zu meiner Geschichte. Über die erste Zeit meines Aufenthaltes in Algerien will ich nicht weiter reden. Nachdem ich Bona, Constantine, Biskra und Setif besucht, kam ich über den Chabet-Paß. Ein unvergleichlicher Weg ist das, mitten durch Kabylenwälder, zweihundert Meter über dem Meere hin in Serpentinen bis zum wundervollen Meerbusen von Bougie! Er ist ebenso schön als die von Neapel, Ajaccio und Douarnenez, die prachtvollsten die ich kenne, vielleicht abgesehen von der von rotem Granit umsäumten Wunderbucht von Porto an der Westküste Korsikas.

Ehe man das wogenstill daliegende große Becken umgangen, sieht man schon von weitem, ganz fern Bougie liegen. Es ist auf den Abhängen eines hohen bewaldeten Berges erbaut. Und erscheint einem wie ein weißer Fleck auf dem grünen Abhang, als wäre es der Gischt eines dort sich ins Meer stürzenden Wasserfalles.

Sobald ich nur einen Fuß in dieses winzige Städtchen gesetzt, wußte ich, daß ich dort länger verweilen würde.

Überall bietet sich dem Auge ein weiter Kreis von Bergspitzen, die krumm, zersägt, als Hörner und Zacken sich so eng zusammenschließen, daß man kaum das offene Meer erkennen kann, und der Meerbusen wie ein See aussieht. Das blaue, milchblaue Wasser ist wunderbar durchsichtig, und darüber wölbt sich in märchenhafter Schönheit der azurblaue Himmel, der ausschaut als trüge er eine doppelte Farbschicht! Eines scheint sich im andern zu spiegeln und seine Strahlen zurückzuwerfen.

Bougie ist eine Ruinenstadt. Wenn man ankommt erblickt man am Quai ein so prachtvolles altes Gemäuer, daß man denken könnte, es wäre eine Theaterdekoration. Es ist das alte, epheuumrankte Sarazenenthor. Und rings um die Stadt liegen in den Wäldern am Bergeshang überall Ruinen, stehengebliebene römische Mauern, Überbleibsel Sarazenischer Denkmäler, Reste arabischer Bauten.

Im hochgelegenen Teile der Stadt hatte ich ein kleines maurisches Haus gemietet. Du kennst diese Wohnungen. Sie sind oft beschrieben worden. Nach außen haben sie keine Fenster, aber der Innenhof giebt ihnen Licht von oben bis unten. Im ersten Stock enthalten sie einen großen kühlen Raum, in dem man sich den Tag über aufhält und ganz oben eine Terrasse, wo man die Nacht verbringt.

Sofort nahm ich die Sitten der heißen Länder an, das heißt, ich hielt meine Siesta nach dem Frühstück. Das ist die heißeste Zeit in

Afrika. Da kann man kaum atmen. Dann sind Straßen, Ebenen und die langen, das Auge blendenden Wege menschenleer. Alles schläft, oder sucht doch wenigstens zu schlafen und zwar so wenig bekleidet als nur irgend möglich.

In meine arabische Säulenhalle hatte ich ein großes weiches Divan gestellt, mit einem Djebel-Teppich bedeckt. Dort streckte ich mich – beinahe in Adamskostüm aus. Aber ich fand keine Ruhe, so quälte mich meine Enthaltsamkeit.

Ach lieber Freund, hier giebt es zwei Qualen, die ich Dir nicht wünsche: Wasser- und Weibermangel. Ich weiß nicht, welches von beiden schlimmer ist. Um ein Glas klares, frisches Wasser würde man in der Wüste jede Gemeinheit begehen. Und was gäbe man wohl in gewissen Küstenstädten um ein schönes, frisches, gesundes Mädchen? Mädchen fehlen nämlich nicht in Afrika! Im Gegenteil, es giebt ihrer im Überfluß, aber, um bei meinem Vergleiche zu bleiben, sie sind dort alle ebenso ungesund und verfault, wie das Schlammwasser der Brunnen in der Sahara.

Wie ich nun eines Tages, noch entnervter als sonst, vergeblich zu schlafen suchte, meine Kniee zitterten, und ich mich wie in Beklemmungen unruhig auf dem Teppich wälzte, hielt ich's nicht mehr aus, stand auf und ging aus.

Es war ein glühender Julinachmittag. Das Straßenpflaster war so heiß, daß man darauf hätte Brot backen können. Das Hemd war sofort naß und klebte am Körper. Und über den ganzen Horizont zog sich weißer Dunst, jene glühende Sirokkolauge, greifbarer Hitze zu vergleichen.

Ich stieg zum Meere hinab und ging um den Hafen herum längs der hübschen Bucht, wo die Bäder liegen. Der schroffe, mit Büschen und starkduftenden Pflanzen bewachsene Berg zieht sich im Bogen um die Bucht, in die das Ufer entlang mächtige braune Felsen tauchen.

Kein Mensch war in der Nähe, alles schwieg. Kein Tier schrie, kein Vogel in der Luft, kein Lärm, nicht einmal ein Plätschern war zu hören, so unbeweglich lag das Meer, als ob es in der Sonne schliefe. Aber es war mir, als vernähme ich in der kochenden Luft etwas wie knisterndes Feuer.

Da schien es mir plötzlich, als bewege sich etwas hinter einem der halb in der schweigenden Flut ertrunkenen Felsen. Als ich mich umdrehte, gewahrte ich ein großes, nacktes, bis zur Brust im Wasser badendes Mädchen, das sich offenbar zu dieser heißen Stunde allein wähnte. Sie blickte in die offene See hinaus, und wiegte sich, ohne mich zu sehen, in der Flut.

Es war ein wundervoller Anblick: die schöne Frau in dem wie Glas durchsichtigen Wasser, bei dem blendenden Licht. Denn die große, gleich einer Bildsäule gemeißelte Gestalt war wunderschön.

Da sie doch einmal wieder an's Land mußte, setzte ich mich an's Ufer und wartete. Da wandte sie leise den Kopf herum, der eine Riesenlast schwarzer, wildverknoteter Haare trug. Sie hatte einen breiten Mund mit aufgeworfenen Lippen, und große, freche Augen. Ihre durch das Klima ein wenig gebräunte Haut schaute aus wie altes Elfenbein, fest und weich, weißer Rasse, doch von Afrikas Sonne gefärbt.

Sie rief mir zu:

– Gehen Sie fort da!

Ihre volle Stimme, die ein wenig laut klang, und zu der ganzen Erscheinung paßte, hatte einen Kehlton. Ich bewegte mich nicht. Da fügte sie hinzu:

– Das ist nicht rrrecht von Ihnen, dazubleiben.

In ihrem Munde rollte das R wie ein Lastwagen. Ich bewegte mich noch immer nicht. Sie verschwand. Es verstrichen zehn Minuten, dann tauchten langsam und vorsichtig, wie ein Kind beim Versteckenspielen, das nach dem späht, der es sucht, Haar, Stirn, Augen auf.

Nun schien sie wütend zu sein. Sie rief:

– Sie sind schuld, wenn's mir schlecht bekommt. Solange Sie da sind, komme ich nicht heraus. Da stand ich auf und ging, nicht ohne mich häufig umzublicken. Wie sie meinte ich sei weit genug, stieg sie in gebückter Haltung, mir den Rücken zuwendend, aus dem Wasser und verschwand in einer Felsenhöhle, vor deren Eingang ein Kleid lag.

Am nächsten Tage kam ich wieder. Sie badete auch heute, war aber völlig angekleidet. Lachend zeigte sie mir die glänzenden Zähne.

Acht Tage später waren wir gute Freunde. Und wiederum nach acht Tagen wurden wir es noch mehr. Sie hieß Marroca – wahrscheinlich ein Zuname – und sprach das Wort aus als enthielte es fünfzehn R. Sie stammte von spanischen Kolonisten und hatte einen Franzosen geheiratet namens Pontabèze. Ihr Mann war Staatsbeamter. Wo er eigentlich beschäftigt war, habe ich nie recht herausbekommen. Daß er sehr viel zu thun hatte, konnte ich feststellen. Das genügte mir.

Da verlegte sie ihre Badezeit und kam jeden Tag nach meinem Frühstück, um in meinem Hause Siesta zu halten. Aber welche Siesta! Als ob das ausruhen hieße!

Sie war wirklich ein wundervolles Mädchen, wenn auch von etwas wilder Art. Ihre Augen schienen immer vor Leidenschaft zu glänzen. Ihr halboffener Mund, ihre spitzen Zähne, selbst ihr Lächeln hatte etwas wild-sinnliches, und ihre seltsame Brust, länglich und gerade, spitz gleich einer Birne aus Fleisch, elastisch als enthielte sie stählerne Federn, gab ihrem Körper etwas vom Tier, machte aus ihr ein prachtvolles, niederes Wesen, ein zur freien Liebe bestimmtes Geschöpf. Alles das weckte in mir die Vorstellung jener Gottheiten des Altertums, die da liebten in freier Natur.

Ich glaube es hat nie ein Weib von so unersättlichen Wünschen gegeben. Ihrer wütenden Liebesglut, ihren zähneknirschenden Umarmungen mit Zuckungen und Bissen, folgte unmittelbar ein tiefer, totenähnlicher Schlaf. Aber plötzlich erwachte sie dann wieder in meinen Armen, zu neuer Verstrickung bereit unter tausend Küssen.

An Geist war sie übrigens so einfach, wie zwei mal zwei vier macht, und an die Stelle von Nachdenken trat helles Lachen.

Auf ihre Schönheit war sie instinktmäßig stolz. Sie haßte jeden Schleier. Sie bewegte sich, lief und sprang in meinem Hause umher in unbewußter und verwegener Freiheit. War sie liebessatt, müde von Schreien und Herumlaufen, so schlief sie tief und friedlich auf dem Sofa an meiner Seite. Die drückende Hitze ließ auf ihre gebräunte Haut winzige Tröpfchen Schweiß treten, und von ihr, von den unter dem Haupt gefalteten Armen, von überall, erregenden Duft strömen.

Manchmal kam sie abends wieder, wenn ihr Mann Dienst hatte oder weiß Gott was. Dann streckten wir uns auf der Terrasse aus, nur leicht in feine, weite orientalische Gewebe gehüllt.

Wenn der große, leuchtende Südlandmond am Himmel strahlte und Stadt und Golf, eingerahmt von den Bergen, beschien, dann erblickten wir auf allen anderen Terrassen ein Heer schweigender Gestalten ausgestreckt, die sich ab und zu erhoben, einen anderen Platz suchten um sich bei der mattlauen Luft wieder auszustrecken.

Trotz der Helligkeit der afrikanischen Abende blieb Marroca dabei, sich unbekleidet in den Mondenschein zu legen. Sie kümmerte sich nicht um alle, die uns sehen konnten, und stieß oft nachts trotz meiner Befürchtungen und Bitten einen langen, gellenden Schrei aus, sodaß in der Ferne die Hunde heulten.

Als ich eines Abends unter dem weiten, sternbesäten Himmel schlummerte, kniete sie sich auf meinen Teppich und sagte, indem sie die dicken, aufgeworfenen Lippen meinem Munde näherte:

– Du mußt zu mir Schlafen kommen.

Ich verstand nicht:

– Wieso denn, zu Dir?

– Ja, wenn mein Mann fort ist, Sollst Du seine Stelle einnehmen.

Ich mußte lachen:

– Wozu denn, da Du hierherkommst?

Sie antwortete, ganz nahe an meinem Mund, daß ich ihren warmen Atem in der Kehle spürte, und mir ihr Hauch den Schnurrbart benetzte:

– Daß ich eine Errrrrinnerung habe!

Und das »R« von Erinnerung klang lange nach wie ein Gießbach über Felsen braust.

Ich verstand ihre Absicht nicht. Sie schlang ihre Arme um meinen Hals:

– Wenn Du forrrt bist, werrrde ich Deinerr gedenken. Und wenn ich meinen Mann küsse, werrrde ich denken Du bist es!

Und die »errr« und »rrrde« klangen in ihrer Kehle wie das Grollen eines traulichen Donners.

Ich antwortete gerührt und fröhlich:

– Du bist ja närrisch! Ich bleibe lieber bei mir!

In der That kann ich einem Stelldichein unter ehelichem Dache keinen Geschmack abgewinnen. Das sind Mausefallen für Dummköpfe. Aber sie bat, flehte, weinte und beschwor mich mit den Worten:

– Du wirrrst sehen, wie ich Dich liebe ...

Das »wirrrrst« hallte wieder wie ein Trommelwirbel beim Angriff.

Ihr Wunsch kam mir so sonderbar vor, daß ich ihn mir nicht erklären konnte. Als ich dann darüber nachdachte, meinte ich ihn durch einen tiefen Haß gegen ihren Gatten verstehen zu sollen. Es war vielleicht eine jener geheimen Frauenrachen, die mit Wonne den verabscheuten Mann betrügt, ihn sogar in seinem Heim, in seinem Bett hintergehen möchte.

Ich fragte sie:

– Dein Mann ist wohl sehr bös gegen Dich?

Das schien sie zu ärgern:

– O nein, sehr gut.

– Aber Du liebst ihn nicht, was?

Sie blickte mich erstaunt mit ihren großen Augen an.

– Doch! Ich liebe ihn sehrrrr, gerade sehrrrr, sehrr, aber nicht so sehrrr wie Dich mein Herrrrrz.

Nun verstand ich kein Wort mehr und wie ich zu erraten suchte, küßte sie mich mit jenem Aufwand an Zärtlichkeit, der mich schwach machte, wie sie wußte und murmelte:

– Du kommst, nicht wahrrrr?

Ich widerstand trotzdem. Da kleidete sie sich sofort an und ging.

139

Acht Tage lang zeigte sie sich nicht. Am neunten erschien sie wieder, blieb würdevoll auf der Schwelle meines Zimmers stehen und fragte:

– Kommst Du heute abend zu mirrrrr? Wenn nicht, gehe ich wiederrrr forrrrt.

Acht Tage, lieber Freund, sind lang und in Afrika kommen sie einem wie ein Monat vor. Ich rief:

– Ja! und öffnete die Arme. Sie warf sich an meine Brust.

Als es Nacht geworden, erwartete sie mich in einer benachbarten Straße und geleitete mich.

Sie bewohnten ein kleines, niedriges Haus am Hafen. Zuerst kamen wir durch eine Küche, wo das Ehepaar die Mahlzeiten einnahm, dann in das weißgestrichene Zimmer. Es war sauber. An den Wänden hingen Photographien von Verwandten und Papierblumen unter Glasglocken. Marroca war ganz toll vor Freude, sprang umher und rief:

– Endlich bist Du bei uns, bei uns!

Ich that allerdings wie zu Hause.

Aber ich muß gestehen, daß ich mich ein wenig genierte, mich sogar unruhig fühlte. Wie ich nun zögerte, mich in der fremden Wohnung eines gewissen Kleidungsstückes zu entledigen, ohne welches ein Mann, wenn er überrascht wird, ebenso linkisch ist wie lächerlich, und wehrlos dazu, riß sie es mir mit Gewalt aus der Hand und legte es mit all meinen anderen Sachen in's Nebenzimmer.

Endlich gewann ich meine Sicherheit zurück und bewies es ihr so gut, daß wir nach zwei Stunden noch immer nicht an Ruhe dachten. Da schreckten uns plötzlich heftige Schläge auf, und eine Männerstimme rief:

– Marroca, ich bin's.

Sie fuhr empor:

– Mein Mann! Schnell kriech' unter's Bett.

Ich suchte wie unsinnig nach meinem Beinkleid, doch Sie trieb mich keuchend:

– Schnell doch! Schnell doch!

Ich legte mich also platt an die Erde und glitt lautlos unter das Bett, auf dem ich so bequem gelegen. Dann lief sie in die Küche. Ich hörte, wie sie einen Schrank öffnete und schloß. Darauf kam sie zurück und brachte einen Gegenstand mit, den ich nicht erkennen konnte und den sie hastig irgend wohin legte. Wie ihr Mann nun ungeduldig wurde, antwortete sie mit fester Stimme:

– Ich kann die Streichhölzer nicht finden!

Dann:

– Da sind sie. Ich komme.

Und sie schloß auf.

Der Mann trat ein. Ich konnte nur seine Füße sehen – Riesenfüße. Wenn das Übrige dem entsprach, mußte er ein Koloß sein.

Ich vernahm Küsse, einen Klaps auf bloßes Fleisch, Lachen. Dann sagte er mit Marseiller Accent:

– Ich habé mein Portemonné vergessen. Deshalb kommé ich zurück. Ich habé gedacht, Du schläfst festé.

Er ging zur Kommode und suchte lange was er brauchte. Dann kam er zu Marroca zurück, die sich auf's Bett geworfen, als ob sie müde sei und wollte sie offenbar liebkosen, denn sie warf ihm wütend ganze Ladungen von »Rs« an den Kopf.

Seine Füße waren mir so nahe, daß mich eine unerklärliche, alberne, tolle Lust ankam, sie leise zu berühren. Ich beherrschte mich aber.

Als er bei ihr kein Glück hatte, wurde er ärgerlich:

– Du bist recht bösé heuté.

Doch er ergab sich darein:

– Adieu Kleiné!

Wieder hörte man einen Kuß, dann drehten sich die großen Füße um, zeigten die Sohlen und verschwanden im Nebenzimmer und die Hausthür fiel zu.

Ich war gerettet.

Demütig und kläglich kroch ich langsam aus meinem Versteck, und ließ mich, während Marrroca mit schallendem Gelächter händeklatschend einen Tanz um mich aufführte, schwer in einen Stuhl sinken. Doch mit einem Satze sprang ich wieder auf: ein kalter Gegenstand lag unter mir, und da ich nicht mehr bekleidet war als meine Mitschuldige, hatte ich die Berührung gefühlt. Ich drehte mich um.

Ich hatte mich auf ein kleines, haarscharf geschliffenes Holzbeil gesetzt. Wie war das dahin gekommen? Ich hatte es vielleicht nicht bemerkt.

Als Marroca mich auffahren sah, kreischte sie vor Vergnügen und hustete indem sie sich die Seiten hielt.

Ich fand diese Heiterkeit übel angebracht, unpassend. Wir hatten in alberner Weise mit unserem Leben gespielt! Immer noch lief mir's kalt über den Rücken und ihr tolles Gelächter verletzte mich ein bißchen. Ich fragte:

– Wenn mich nun Dein Mann entdeckt hätte?

Sie antwortete:

– Keine Spurrrrr!

– Was denn, keine Spur! Du bist gut! Er brauchte sich nur zu bücken, dann hätte er mich gesehen!

Sie lachte nicht mehr, sie lächelte nur und blickte mich mit ihren großen Augen, in denen neue Wünsche emporstiegen, starr an:

– Errrrr hätte sich nicht gebückt.

– Oho, wenn er zum Beispiel nur seinen Hut hätte fallen lassen, so mußte er ihn doch wieder aufheben, dann ... na, in dem Kostüm durfte er mich doch nicht sehen ...

Sie legte mir ihre kräftigen, runden Arme auf die Schultern, dämpfte den Ton und murmelte als ob sie mir sagen wollte: »Ich liebe Dich sehrrrrr«:

– Dann wärrrre errrr nicht wiederrrr aufgestanden!

Ich verstand nicht:

– Wieso?

Sie zwinkerte und deutete mit ausgestreckter Hand auf den Stuhl, auf den ich mich eben gesetzt. Und der ausgestreckte Finger, der Zug um ihren Mund, die halbgeöffneten Lippen, ihre spitzen, blitzenden Zähne, alles deutete auf das kleine Holzbeil, dessen scharfe Schneide glänzte.

Es war, als wollte sie danach greifen, dann preßte sie mich mit dem linken Arm an sich, und wie wir Seite an Seite standen, machte sie mit dem rechten Arm eine Bewegung, als schlüge sie einem knieenden Manne den Kopf ab ...

So, lieber Freund, faßt man hier zu Lande die ehelichen Pflichten auf, so die Liebe und so die Gastfreundschaft.

Über tredition

Eigenes Buch veröffentlichen

tredition wurde 2006 in Hamburg gegründet und hat seither mehrere tausend Buchtitel veröffentlicht. Autoren veröffentlichen in wenigen leichten Schritten gedruckte Bücher, e-Books und audio-Books. tredition hat das Ziel, die beste und fairste Veröffentlichungsmöglichkeit für Autoren zu bieten.

tredition wurde mit der Erkenntnis gegründet, dass nur etwa jedes 200. bei Verlagen eingereichte Manuskript veröffentlicht wird. Dabei hat jedes Buch seinen Markt, also seine Leser. tredition sorgt dafür, dass für jedes Buch die Leserschaft auch erreicht wird.

Im einzigartigen Literatur-Netzwerk von tredition bieten zahlreiche Literatur-Partner (das sind Lektoren, Übersetzer, Hörbuchsprecher und Illustratoren) ihre Dienstleistung an, um Manuskripte zu verbessern oder die Vielfalt zu erhöhen. Autoren vereinbaren direkt mit den Literatur-Partnern die Konditionen ihrer Zusammenarbeit und partizipieren gemeinsam am Erfolg des Buches.

Das gesamte Verlagsprogramm von tredition ist bei allen stationären Buchhandlungen und Online-Buchhändlern wie z. B. Amazon erhältlich. e-Books stehen bei den führenden Online-Portalen (z. B. iBookstore von Apple oder Kindle von Amazon) zum Verkauf.

Einfach leicht ein Buch veröffentlichen: **www.tredition.de**

Eigene Buchreihe oder eigenen Verlag gründen

Seit 2009 bietet tredition sein Verlagskonzept auch als sogenanntes "White-Label" an. Das bedeutet, dass andere Unternehmen, Institutionen und Personen risikofrei und unkompliziert selbst zum Herausgeber von Büchern und Buchreihen unter eigener Marke werden können. tredition übernimmt dabei das komplette Herstellungs- und Distributionsrisiko.

Zahlreiche Zeitschriften-, Zeitungs- und Buchverlage, Universitäten, Forschungseinrichtungen u.v.m. nutzen diese Dienstleistung von tredition, um unter eigener Marke ohne Risiko Bücher zu verlegen.

Alle Informationen im Internet: **www.tredition.de/fuer-verlage**

tredition wurde mit mehreren Innovationspreisen ausgezeichnet, u. a. mit dem Webfuture Award und dem Innovationspreis der Buch Digitale.

tredition ist Mitglied im Börsenverein des Deutschen Buchhandels.

Dieses Werk elektronisch lesen

Dieses Werk ist Teil der Gutenberg-DE Edition DVD. Diese enthält das komplette Archiv des Projekt Gutenberg-DE. Die DVD ist im Internet erhältlich auf **http://gutenbergshop.abc.de**